现实主义的形式自由

——孙频小说艺术论

曹志远◎著

吉林大学出版社

·长春·

图书在版编目（CIP）数据

现实主义的形式自由 ： 孙频小说艺术论 / 曹志远著.

长春 ： 吉林大学出版社，2024. 10. -- ISBN 978-7
-5768-3303-4

Ⅰ．I207.42

中国国家版本馆CIP数据核字第2024N4L845号

书　　名：现实主义的形式自由——孙频小说艺术论
XIANSHI ZHUYI DE XINGSHI ZIYOU——SUN PIN XIAOSHUO YISHULUN

作　　者：曹志远
策划编辑：殷丽爽
责任编辑：殷丽爽
责任校对：李适存
装帧设计：刘　瑜
出版发行：吉林大学出版社
社　　址：长春市人民大街4059号
邮政编码：130021
发行电话：0431-89580036/58
网　　址：http://www.jlup.com.cn
电子邮箱：jldxcbs@sina.com
印　　刷：廊坊市海涛印刷有限公司
开　　本：787mm×1092mm　　1/16
印　　张：10.75
字　　数：150千字
版　　次：2024年10月　第1版
印　　次：2025年1月　第1次
书　　号：ISBN 978-7-5768-3303-4
定　　价：72.00元

序

刘中树

　　曹志远是我已毕业的博士研究生，博士学位论文的题目是《鲁迅精神资源的继承与遗失研究——以孙频、双雪涛的创作为例》。她最初的研究计划是从鲁迅与孙频、双雪涛创作中共同涉及的启蒙、自我、怀疑、乡愁、死亡这五个主题的比较研究中透析鲁迅精神资源的继承与遗失，探究如何在新的时代背景之下最大限度地守护鲁迅所开创的文化遗产。当她向我征求这个选题的指导意见时，我的第一感觉是这个选题具有较强的问题意识，研究对象清晰，目标明确，存在诸多可以深入扩展的空间，具备研究的可行性。吉林大学文学院在鲁迅研究领域有着比较深厚的传统，在几代学人的不懈努力下形成了稳定的研究方向和独具特色的研究方法，在学界获得广泛认同并产生持续影响。因此，我一直支持青年学者、特别是青年博士沿着前辈学人所开辟的学术道路，在新的时代背景下将鲁迅研究这一研究传统不断深入推进下去。

　　作为承载现代性变革的鲁迅思想本身即带有提倡启蒙与超越启蒙的内在矛盾，这一矛盾思想在后续作家的继承与弘扬过程中必然发生更为复杂的多元裂变。鲁迅的启蒙是以文学特有的方式展开的，是在现代性倡导的过程中同时对现代性展开批判，并尝试通过自由意志完成对现代生存困境的根本超越。鲁迅的创作不仅在内容上践行启蒙精神，而且在形式上同样内蕴着启蒙思想的精髓。这些复杂的内容单方面拘泥于对鲁迅的个体研究自然不够充分，需要在文学史的发展脉络中将鲁迅"对象化"，特别是后继者对鲁迅精神资源的继承与遗失中重构鲁迅的伟大价值，并从对鲁迅价值的遗失中总结文学未来发展的理想路径。因此我支持志远将这一选题深入下去，争取写出一篇优秀的博士论文。

我记得当时我给她提出了几点建议，其中最为关键的是需要以史论结合的方式清晰阐释孙频、双雪涛对鲁迅精神传统继承与遗失的学理依据，并在此基础上系统说明为什么进行这样的比较？通过这样的比较与一般讨论两位作家的创作有什么特殊之处？我记得志远当时的回答是，在主题呈现方面，鲁迅与孙频、双雪涛的创作都涉及启蒙、自我、怀疑、乡愁、死亡这五个核心主题，都精通于借助于典型形象的塑造把握时代的脉搏，都善于通过感性经验的细腻描摹激发读者对习惯性事物的自觉反思，都竭尽所能地对生命的压迫与自由的剥夺展开无以复加的批判，都以悲天悯人的情怀对抗难以超越的悲剧重现，都致力于在持续的文化反思中探寻人类救赎的终极可能。孙频、双雪涛在一定程度上继承了鲁迅的精神资源，在启蒙理性的烛照之下重新审视自我与世界，在生命感性的驱动之下激活原初的生命体验。前者拒绝承认任何未加理性反思的权威观念，坚决反抗任何形式的人性摧残，极力批判虚伪道德包裹之下的尊严剥夺与人格践踏，深恶痛绝毫无怜悯同情之心的道德沦丧。后者致力于唤醒被世俗标准压抑的麻木神经，重构符合人类本质的生命感知，恢复人类固有的良知良能，点燃追逐自由的生命激情。具体来说，在新的时代背景下探索启蒙话语的更新与重构，在时代的多重演绎中展开自我灵魂的深度剖析，在成长的创伤记忆中质疑终极价值的存在，在故乡的爱恨交织中揭示自我身份认同的归属危机，在生命不确定性终结的恐惧体验中实现死亡悲剧的全新开拓。

从志远的回答中可以看到她对这一问题思考的深入程度，但我始终觉得她之所以对孙频的作品情有独钟，除了学术研究的客观需要之外，一定有她个人阅读兴趣方面的原因。我猜测可能是孙频作品中的女性视角和人文关怀使志远产生了灵魂层面的精神共鸣，使她对孙频的作品青睐有加甚至产生某种执迷。志远博士毕业后在吉林大学文学院博士后流动站继续从事科研工作，入站不久后即联系我说准备出版一本关于孙频研究的专著，请我指导并作序。事实证明了我的判断，志远对孙频的作品颇有感触，她在孙频的文学世界中收获了超越现实困境的精神力量。而这一点恰恰是最令我感到欣慰的。在这个浮躁的时代，将兴趣与科研结合实属不易，能够坚持自己的学术理想并扎实践行则更需要鼓励与支持。

志远将这本专著命名为《现实主义的形式自由——孙频小说艺术论》。"现实主义的形式自由"这一判断论点的提出，我觉得无论这一判断是否准确概括了孙频小说创作的实绩，至少从学理上突显出强烈的问题意识。从现有的文学经典来看，作品的艺术形式虽然是特殊性的，但却传达了人类普遍性的价值追求。作品中的具体形象虽然是有限性的，但却承载了人类无限性的审美理想。文学作品的经典性恰恰在于通过特殊艺术形式的创造为读者提供超越现实局限的可能。因为任何现实存在都是一种有限性的存在，只有借助作品的象征和隐喻等特殊艺术手段，读者才能在理性的反思中扬弃感性经验的局限，在自由的想象中完成对现实有限性的超越。因此，理想的文学创作是作家通过艺术形式的创造实现个人与社会、特殊与普遍、有限与无限的辩证统一。优秀作家始终面临着这一艰巨的挑战，总是竭尽全力探索超越这一看似无法完成的任务。

志远敏锐地捕捉到孙频作品独到的艺术价值，通过艺术形式的创造，将人类共同关心的主题有效承载，引导读者在这些艺术形式的审美感受中以潜移默化的方式获得情操的陶冶和灵魂的净化。乡愁、代际冲突、畸形爱情、自我、怀疑、死亡等主题几乎可以被视为人类文学的基本母题，孙频的独到之处在于以自己独到的方式展现对这些主题的生命领会，并通过自己的作品为读者提供一个获得精神自觉和灵魂拯救的唯美空间。例如，志远指出，"孙频对代际冲突的描摹不再纠缠于概念化表征，而是从生命体验的真实性追求出发，揭示成长过程中叛逆的虚假性。所谓的对父辈的反叛并非是纯粹意义上的行为对抗和精神革命，而是一种欠缺个体精神自觉的观念性盲从，一种转嫁矛盾和推卸责任的拙劣表演以及一种掩盖现实、自我逃避的自欺欺人。反叛最终的结局自然是对家庭的重新回归，只不过这种回归并不仅是物理意义上的肉体位移，而是反叛者在精神共鸣和情感认同驱动下的灵魂皈依。反叛者从虚假性反叛到实质性皈依的过程，本质上是从表演性的个性张扬转向家庭情感的本能认同，是对自我与世界认知的全面更新与自觉的精神成长"。从这一角度确证孙频创作的艺术价值和文学史定位，既展现了志远敏锐的文学史意识，同时也充分彰显了青年学者锐意进取的科研精神。

本书从现代体验的时代表征、终极价值的理想拷问和自我认知的现实焦虑三个维度切入孙频的小说创作，探究孙频如何以女性特有的细腻笔触生动展现社会转型期的生存境遇和精神图景，尝试从灵魂救赎的角度展开人类生存价值和生命意义的文化追问。书中写道，"孙频作品的突出特征是在启蒙理性的烛照之下重新审视自我与世界，在生命感性的驱动之下激活原初的生命体验"。这一判断非常具有现实针对性，不仅是对孙频作品艺术价值的客观评判，而且从创作和接受的双向互动维度为当前审美娱乐化倾向的纠正提供了可借鉴性的理论资源。

随着商品经济的发展和消费观念的变革，当前审美娱乐化的倾向持续加剧。习近平总书记在文艺座谈会上曾明确指出："在文艺创作方面，也存在着有数量缺质量、有'高原'缺'高峰'的现象，存在着抄袭模仿、千篇一律的问题，存在着机械化生产、快餐式消费的问题。在有些作品中，有的调侃崇高、扭曲经典、颠覆历史，丑化人民群众和英雄人物；有的是非不分、善恶不辨、以丑为美，过度渲染社会阴暗面；有的搜奇猎艳、一味媚俗、低级趣味，把作品当作追逐利益的'摇钱树'，当作感官刺激的'摇头丸'；有的胡编乱写、粗制滥造、牵强附会，制造了一些文化'垃圾'；有的追求奢华、过度包装、炫富摆阔，形式大于内容；还有的热衷于所谓'为艺术而艺术'，只写一己悲欢、杯水风波，脱离大众、脱离现实。凡此种种都警示我们，文艺不能在市场经济大潮中迷失方向，不能在为什么人的问题上发生偏差，否则文艺就没有生命力"①。当前很多的文艺创作完全不尊重历史的客观性，以戏谑玩笑的游戏姿态对待严肃的历史事件，为了单方面追求情节的紧张刺激，加入众多不符合历史更不符合客观现实的情节，一再挑战观众接受的底线，严重消解了客观的事实，颠覆了历史的沉重。为了博人眼球，部分创作人为地添加大量不切实际的风花雪月、儿女情长的缠绵故事，不仅没有有效实现切入永恒文学母题，歌颂伟大爱情的真谛，不能充分在特殊的场域中思考爱情所承载的人性温度，而且严重抵消了爱情的纯真与伟大，更多的沦为刺激感官和身体写作的欲望挣扎。文艺创作是作者以自己的人生经验、生命体验和审美感受，创造文学艺术形象和意境，展现人的情感体验和审美感受的思想艺术内涵。文艺创作是个体的创造活动，但是不能以自己的个人感受代替人民的感受，要为人民抒写、为人民抒情、为人民抒怀，反映时代要求和人民心声"。审美娱乐化的倡导者片面理解"为人民"的精神实质，误以为只要单方面展现主流意识形态就可以收获较高的审美价值和较好的社会认同，认为只要符合主旋律，内容不与主旋律背道而驰就万事大吉。而文艺创作的实质却远非如此直接简单和现实功利。审美娱乐化创作的主题先行与模式化、概念化倾向不仅严重误解了"为人民"的实质，更为恶性的后果是直接影响了受众的价值取向，特别是青年一代对历史的认知。与物质主义强势崛起形成鲜明对比的是，人文精神以不可阻挡的趋势失落。感官刺激的满足压倒了理想反思的自觉，精神慰藉的渴望让位于欲望宣泄的冲动。

---

① 习近平.在文艺工作座谈会上的讲话［N］.人民日报，2015-10-15.

更具吊诡意味的是，几乎所有人都意识到这一问题，一致性的对审美娱乐化持否定态度，极力渴望改变现状但又共同性的陷入审美娱乐化中不能自拔。在资本扩张和技术的双重操纵下，审美娱乐化似乎成为一种不可阻挡的可怕力量，人类被迫陷入精神危机的恶性循环之中。一方面从生命自由的本能中厌恶审美娱乐化，另一方面又难以克制欲望满足的诱惑，最终只能在感官刺激的自我放纵中自我麻痹，暂时缓解如影随形的空虚与绝望。

面对这一问题症候，对优秀作品的强烈呼唤自然更为迫切。但问题在于如何确证优秀的文艺作品，如何在新的文学生产场域和文学传播媒介中践行美学的原则和历史的原则？志远在本书中指出："孙频的小说创作中遍布着对自我的执迷。虽然多数作品采取第三人称的叙述方式，但所有作品的情节无一例外的都是通过主人公的自我言说与心灵独白展开。自我执迷的呈现既是孙频打通虚构与现实界限的高超创作技巧，更是她对物化时代人类精神迷惘的敏锐洞察与生动揭示。在孙频笔下，几乎所有的主人公都是在自我的偏执中与外部世界产生不可消解的隔膜，在自我的迷恋中丧失与他者对话的渠道与可能，在自我的捍卫中孤独反抗灵魂的撕裂与精神的折磨。与专注于外部情节设置的引人入胜不同，孙频更善于在平淡和卑微中演绎内在心灵的裂变图景：在自我确证的病态渴望中彷徨迷失，在自我否定的持续绝望中痛心疾首，在自我救赎的彻底无望中醉生梦死，在自我体验的点滴希望中聆听守望。这种对自我的过分执迷一定程度记录了时代集体性的精神迷惘，有效透析了个体生命面临精神重压的扭曲与反抗"。从一定程度上来说，志远对孙频作品的评判进行了一种积极的尝试，示范了一种文艺批评的理想范式，透露出一种超越现实困境的努力，在客观上确证了马克思主义文艺批评的阐释效力和指导意义。

本书以马克思主义唯物史观为指导，批判性继承现有研究成果，在方法论革新的基础上推进孙频创作研究的时代化与专业化，系统透析孙频创作的时代表征，全面揭示孙频创作的成败得失及文学史意义；本书逻辑严谨，问题意识突出，结构合理，语言富有诗意且不失学术规范，有效推进孙频研究的专业化水平，是一部具有学术价值的作家论研究专著。当然，作为青年学者的学术著作，本书还存在可进一步修改的瑕疵：部分判断带有主观性，以一种抽象和孤立的方式评判孙频的创作，导致只能在哲学层面点出了其创作的理论主题，却无法将这些主题的文学价值和社会意义有效呈现。本书在一定程度上忽略了涉及相关主题创作的作家不止孙频一人，历史中涉及类似主题的作家也比比皆是，缺乏与这些作家的对比，也就难以有效把握孙频的写作特点和问题脉络。因此总体上给读者一种观念先行的感觉，对作品的分析更多集中于逻辑思辨，缺乏从直观形象的感性体验中揭示作家创作的独异价值。诚然，作为刚刚博士毕业不久的青年学者，能够在短期内出版学术专著实属不易，愿志远在未来的学术道路上不断前进，实现学术梦想！

目　　录

第一章　现代体验的时代表征……………………………………… 001

　　第一节　多维结构的乡愁 ……………………………………… 003

　　第二节　反叛与皈依杂糅的代际冲突 ………………………… 018

　　第三节　普遍存在的畸形爱情 ………………………………… 033

第二章　终极价值的理想拷问……………………………………… 049

　　第一节　自我救赎的转向与自我确证的探索 ………………… 051

　　第二节　怀疑的执迷限度与循环悖论 ………………………… 069

　　第三节　悲剧的揭示与尊严的捍卫 …………………………… 086

第三章　自我认知的现实焦虑……………………………………… 105

　　第一节　自我执迷的裂变 ……………………………………… 107

　　第二节　自我分裂的痛苦 ……………………………………… 122

　　第三节　自我流放的无奈 ……………………………………… 139

参考文献 …………………………………………………………… 155

第一章　现代体验的时代表征

第一节　多维结构的乡愁

孙频以极致演绎的方式抒写现代版本的乡愁。在乡愁多维结构的系统梳理中透析现代人在离乡与归乡的精神游牧中被迫承受的灵魂撕裂，在乡愁差异方式的深刻揭示中折射现代人"反认故乡是他乡"的悲剧命运，进而在时代缩影的全面映射中完成现代乡愁的本质阐释。

一、乡愁结构的盘根错节

孙频在创作中对乡愁这一传统主题展开全新的剖析。在她那富有灵韵的笔触之下，乡愁不再仅仅是对故乡无限思念和回归故乡的强烈愿望，而是有着异常复杂的多维结构，这种多维结构的突出性特征在于，其只能存在于观念之中，必须与现实保持必要的张力，否则发生变异。乡愁一旦与现实发生关系，不仅会立即烟消云散，而且则会极速转化为对故乡的厌恶、鄙夷，甚至仇恨。《夜无眠》中的周尔园即便在梦境之中也要竭尽所能地逃离故乡；《玻璃唇》中的林成宝归乡后的第一反应不是无限的感慨，相反却被难以名状的惴惴不安所笼罩；《碛口渡》中的陈佩行则始终徘徊在归乡与离乡的矛盾冲突之中，但无论离乡还是归乡都无法让她收获内心渴望的宁静。换句话说，在孙频笔下人物的认知框架中，只有远离故乡，才能思念故乡。

　　那么，孙频为何会有这一超乎常理的设计，这一设计是基于对现实怎样的思考呢？首先，从内在结构上看，产生乡愁的前提必须是离开故乡，没有对故乡的远离则无所谓乡愁，而最初人们之所以选择离开故乡，一个重要原因在于对故乡现实的强烈不满，极力渴望摆脱故乡的种种束缚与羁绊，在外界的广阔天地中放飞自我。在这一过程中，对故乡之外的想象成为对故乡现实的否定性力量，现实故乡的一切在对外界的美好憧憬中黯然失色，也正是在被这种否定现实的恣意想象催逼之下，孙频笔下的人物形象集体性地踏上远离家乡的逐梦之旅。故乡在他们的心中始终作为否定性的符号存在，他们一致性地将故乡视为不堪回首的过去，对故乡之外在不加任何反思的前提下盲目认同，其结果自然可想而知。虽然离开故乡的人们主动选择割断与故乡的任何联系，但是故乡之外的世界却并非如他们所期待的那样向他们敞开温暖的怀抱。一旦离开故乡，他们会发现故乡之外给予他们的拒绝远远大于接纳。先前在故乡习以为常的便利在故乡之外都需要难以想象的额外付出。当他们饱尝故乡之外生存的艰辛之后，当他们难以维系脱离故乡的独立支撑之后，他们本能地开始怀念故乡。孙频深刻地揭示了离乡人心态发生的重大转弯，他们不仅彻底遗忘了之前对故乡的各种厌恶与摒弃，而且在对故乡思念的强化中为故乡增添了其本不具备的绚丽光环。故乡由此成为无限美好的世外桃源，远离故乡后经历的所有辛酸苦涩似乎只有回到故乡才能被彻底涤除。饱受背井离乡煎熬的焦灼内心似乎也异常期待充满家园感的精神港湾。颇具戏剧性的是，现实越是窘迫，她笔下的人物对故乡的思念之情则越是浓烈，越是难以忍受远离故乡的现实处境。因此，故乡以一种前所未有的魔力召唤着他们，促使他们不惜一切代价也要义无反顾地回归故乡。但是，回到故乡之后，新一轮的翻转随之开启：现实的故乡并非想象中的模样，特别是在理想与现实的强烈反差的作用之下，现实的故乡似乎较之离开前的故乡更加让人难以容忍与接受，对故乡满怀期待的热情逐渐跌至冰点。如果说先前选择离开故乡的精神动力是想象否定现实的话，那么重新归乡后的精神失落则是现实否定想象。而无论是前者还是后者，对故乡发生物理位移和心理变异的人们始终未能真正理顺自我与故乡之间的物质联系与精神纠缠，从未理性认清自我与故乡之间的心灵归属与情感纽带。故乡始终被作为某种可以任意索取的对象，而且只要要求得不到满足，则立即沦为谴责泄愤的对象。他们从未扪心自问故乡何以无缘由地长期扮演母亲的角色，从未反思自己对故乡蛮横姿态的合理性与合法性依据何在。

那么，这种独异的乡愁结构是如何产生的呢？从根本上说，故乡本身并未改变，发生变化的是故乡中的人。一方面，他们之所以对故乡有着难以抑制的依恋，根源于故乡是他们童年记忆开始的地方。孙频的创作中有着众多借助主人公的回忆将故乡渲染成童话般存在的描写。无论是《狮子的恩典》中关于故乡人古朴善良的描摹，还是《河流的十二个月》中对故乡山水的情感寄托，抑或是《杀戮》中对水暖村黄昏美景的呈现，在这些无忧无虑的美好童年记忆光辉的映射之下，故乡成为生命恣意绽放的乐土和纯粹的、自由自在的天国。虽然这种对故乡的认知带有明显的美化倾向，但同时又符合每一个人的成长轨迹。因此，任何一个心智健全的人在遭遇现实困境之时，本能的反应自然是立即回归到那个昔日成长中的故乡。这也正是远离故乡之人对故乡有着无以复加的思念的根本原因所在。另一方面，他们又对故乡采取如此决绝的态度，拼尽全力也要远离故乡的深层动因则在于青春的反叛。如果说青春期对父母的叛逆是自我成人设定未被认同的焦虑与紧张，那么青年人对故乡的主动远离则意味着自我理想身份属性的迫切达成与实现。因此，即便是故乡的美好童年记忆依旧存在，他们也会义无反顾地选择离开。因为在他们的潜意识中，故乡之外的世界远远优于"狭小"的成长空间，故乡之外的陌生与神秘具有不可抵挡的诱惑性。如前文所述，当他们真正离开故乡之后，才能真切地体会到生活的艰辛与现实的沉重，才能真正理解想象与现实之间的巨大落差和永远难以实现的统一。"当整体秩序变更，政治与文化资本兑换成的文化货币通货膨胀和大幅度贬值的时候，城市生活就成为一场冒险生涯，所有人都生活在岌岌可危、摇摇欲坠而又容易失控的氛围与环境之中"①，离乡者中的多数在这场冒险中成为失败者。如果说对故乡最初的美好认知与远离故乡的激情冲动只是一种单一情感的话，那么回归故乡之后的情感则异常复杂。饱经离乡之苦的游子，既依旧保存着童年时的美好记忆，又在现实苦难的逼仄之下加剧对故乡的夸张想象；既对故乡象征的卑微宿命痛心疾首，又对故乡隐喻的心灵港湾有着撕心裂肺的渴望；既难以接受现实故乡与美好憧憬之间的巨大鸿沟，又对守护故乡的理想坚守无能为力；既对故乡精神力量的汲取完全失望，又对故乡灵魂慰藉的获得彻底绝望。其实，他们对故乡的态度的每一次改变，本质上都是自我的改变，故乡自始至终并未发生他们想象中的变化，发生变化的是他们审视故乡的眼光。故乡在

———————————

① 刘大先.城市的胜利与城市书写的再造［J］.小说评论，2018（6）：75-89.

或是满怀期待或是充斥悲愤的情感变化中上演着一次次的变脸戏法，在看似故乡改变人的虚假外观之下包裹着的其实是人对故乡的恣意装扮。人们对故乡的任何一次审视与判断都不可避免地打上特定时空认知的烙印，而且每一次对故乡态度的变化必然与先前的态度有着千丝万缕的联系。孙频作品的深刻之处在于既没有在线性的历史观念的支配下生硬肢解其中的紧密关联，又没有在脱离实际的逻辑推演中强制设置其中的线索。在对故乡的刻画中，孙频始终以历史化进程的唯物史观立场揭示其不易被人察觉的内在必然。孙频似乎真切理解了马克思"人体解剖对于猴体解剖是一把钥匙。反过来说，低等动物身上表露的高等动物的征兆，只有在高等动物本身已被认识之后才能理解"[①]这一重要论断的实质：只有从事物的现有状态的考察中才能认知事物过去发展的逻辑可能。不是过去影响现在，而是从现在理解过去。因此，在对乡愁的描摹中，孙频完全依照人物对故乡应有的情感逻辑线索，抛弃传统乡愁描写中无意义的煽情和无差别的反思，克服常规认知对事态发展的习惯性左右，拒绝观念先行的思维惯性与强制束缚，排除群体性情感期待对历史真实的颠覆性影响，从想象否定现实到现实否定想象的深刻洞察与传神刻画中将乡愁的复杂体验真实还原，将乡愁结构的盘根错节如抽丝剥茧般清晰梳理，充分彰显了作家对现实介入的坚强力量和形象塑造与合理演绎的巨大威力，将现实主义创作提升到新的阶段。需要进一步说明的是，乡愁在本质上不是人与物的关系，而是人与人的关系。作为物的故乡只不过是人传递情感

[①] 中共中央马克思恩格斯列宁斯大林著作编译局.马克思恩格斯文集（第八卷）［M］.北京：人民出版社，2009：29.

的中介，人对故乡情感的爱恨交织与扑朔迷离恰恰源自人与人之间情感的复杂多元与一言难尽。这里所谓的人与人的关系主要包含两层含义，即自我与自我和自我与他人之间的关系。

首先来看自我与自我之间的关系。最初离开故乡的冲动与其说是故乡之外的陌生诱惑，不如说是自我实现的冲动使然。所有主动离乡者的心境基本上是不满于当下的自我，沉醉于对那个离开故乡的未来的我的幻想之中。"未来的我"之所以充满诱惑性是因为其不仅是对当下现实的否定，而且给自我未来的发展提供了无限的可能。正是出于对未来自我追逐的冲动，他们集体性地选择主动离开家乡，去谱写属于自己的生命乐章。《狮子的恩典》中的"我"、《白貘夜行》中的康西琳以及《光辉岁月》中的梁珊珊最初选择背井离乡与其说是故乡生存现状的外部排挤，不如说是被未来理想生活愿景所诱惑。故乡，或者更为确切的说法是现实的我作为未来的我的扬弃对象，自然是必须加以否定的，这也就不难理解为何最初的离乡者都会对故乡产生莫名的敌视。他们"不再对经验和形式进行筛选，他们做的就是给未加甄别的生活对应（甚至是强加）出某种价值"[①]，而经历现实的种种打击之后，现实的我充分意识到故乡之外并非曾经想象的自由乐土，未来的我也未必胜于现在的我。因此，对故乡的怀念油然而生。其实，对故乡的怀念，特别是对童年记忆的美化不过是借助曾经无忧无虑的我来慰藉当下狼狈不堪的我而已。表层是对故乡的怀念，实质是对现实的不满和逃避现实的渴望。而

---

① 张柠，李壮，于文舲，等."经验堆砌"与"精神疲软".当下小说写作的一种症候——"文学创造与现实生活"系列讨论之四［J］.小说评论，2018（6）：35-44.

当真正回归故乡之后，现实的我又难以完全接受这个现实的我，因为这个现实的我是如此的孱弱，既不能将理想中的我变为现实，又难以承受现实的我的卑微与渺小。因此，归乡者对故乡的心态是矛盾且复杂的，既对故乡厌恶透顶，又对故乡饱含深情。其实质不过是对自己的爱恨交织。《狮子的恩典》中的"我"回乡后的无所事事，《光辉岁月》中的梁珊珊回乡后的心灰意冷，《月亮之血》中的尹来川回乡后的百无聊赖，将这种矛盾且复杂的心态呈现得淋漓尽致。

其次再来看自我与他人之间的关系。从表层来看，故乡作为情感投射的对象，即故乡是自我与他人情感交流的中介，自我的情感需要借助于故乡这一物质媒介实现情感的传达与交流。离乡者最初对故乡采取决绝的姿态本质上是源于自我对故乡中的其他人的本能排斥，在他们的观念当中，只有彻底将他人与自我区分，才称得上真正意义上的确证自我的独异存在。反过来说，为了确证自我的独异存在，也只能彻底断绝与其他人的关系。而远离故乡的自我在残酷的现实中才真正觉察到故乡之外的他者相较于故乡之中的他者更为冷漠，更难以实现情感的互通。因此，对故乡中人的怀念自然是顺其自然的。当归乡者满怀期待地回到故乡之后，想象中的他者与现实中的他者之间的差距使他们难以真正投入故乡的怀抱，虽然故乡中的他者主动地向归乡者敞开心扉，但是这种敞开心扉并不是归乡者原初期待的样子，他们在他者身上感受到的是离乡前从未体验到的陌生与隔阂。《狮子的恩典》中的"我"在饱受他乡羁旅之痛后毅然选择归乡，归乡对她来说既是灵魂皈依的港湾，更是疲惫身心的避难所。但是，港湾和避难所只能停留于对故乡的想象，却难以成为现实。因为"我"既无法承受故乡人善意的询问，又难以满足故乡人对归乡人的憧憬；既不愿意刻意编造归乡的原因，又不想破灭故乡人对外部世界的美好想象。因此，难以实现情感交流的归乡者被迫对故乡再一次失望，这种失望较之于最初离乡时的失望更为深入骨髓，因为这种失望在事实上和逻辑上都宣告了自我与他者之间情感交流的彻底破灭。丧失情感交流可能的自我成为彻底绝对的自我，或者更为确切的说法是唯一的自我、孤独的自我，这也正是孙频笔下的归乡者普遍存在难以超越的精神危机的根本原因所在。

二、乡愁方式的根本差异

孙频笔下因乡愁焦灼的游子归乡后对故乡非理性反应的另一重要原因在于他们的乡愁与传统意义上的乡愁有着根本性的差异。这种根本性的差异主要源于乡愁主体的不同。孙频笔下的乡愁主体多为知识分子，他们对故乡的认知和乡愁的体验与传统离乡务工者有着明显的差异。后者的归乡是对母体的真正回归，归乡对他们来说意味着无法言表的喜悦与无可替代的欢愉。归乡不仅可以使其外出的心灵创伤短时间内痊愈，而且可以为他们的下一次离乡储备精神力量。因此，他们再度离乡之时普遍性地以昂扬的姿态投入新的征程，并期待着下一次归乡。他们的生活也在如此的循环往复，而故乡始终是他们魂牵梦绕的精神家园和心灵港湾。但知识分子则完全不同，如前文所述，他们正是因为对故乡不满才选择主动离开故乡，他们也能清醒地认识到故乡不会有任何根本性改变。他们之所以思乡是因为脆弱的内心实在无力对抗外界的持续冲撞，在身心俱疲的绝望与无奈之中，他们被迫选择回归故乡找寻暂时的精神慰藉和灵魂安顿。因此，他们的归乡其实不过是某种追忆与守望。他们在可预见的未来中已经意料到自我与故乡之间的隔膜，只不过在真的回到故乡后难以接受这种隔膜是如此超乎想象以至于到了格格不入的程度。因此，他们本能地沉默，不愿与任何人交流。其实他们并非不愿与人交流，也不想自我封闭，他们只是在归乡后不愿自我对话，不想进行理性的反思，不愿面对自我与现实截然对立的情境。但故乡的现实却不给归乡者任何自我封闭的空间，他们越是不想言说，来自周围的声音越是嘈杂，他们越是不想直面自我，故乡人的嘘寒问暖越是频繁。在好意询问和恶意追问交织的喧哗声中，归乡者的内心波澜起伏，找寻不到片刻宁静的他们除了更加沉默别无选择。《光辉岁月》中的主人公梁珊珊是此类知识分子的典型代表。在故乡人的观念中，博士不仅仅是高学历的证明，更是上等人的标签，因此他们无论如何也不能理解梁珊珊回到家乡工作的选择，并在好奇心的驱动之下，对梁珊珊展开令人难以承受的精神围剿。

孙频在创作中深刻洞察到知识分子与故乡人的差异根源。首先，话语方式的差异。在孙频的创作中可以十分容易地发现知识分子与故乡人在话语方式上的明显差异。作为归乡者的知识分子始终沉默寡言，不愿与任何人交流，而故乡人却与其形成强烈的反差，他们习惯于滔滔不绝的讲述，甚至误以为归乡者的沉默是源于自己的不热情，从而进一步恣意言说，其结果自然是引起归乡者在无可奈何中加剧沉默。孙频的深刻之处在于她并没有止步于对这一现象的发现，而是进一步透析其中的复杂与微妙。故乡人虽然言说不断，但他们却从未意识到自己在言说什么，他们只在意言说的行为事实却从不关心言说的内容与效果。相反，归乡者虽然沉默寡言，但是他们却异常清醒，正是因为他们能够充分意料到言说在本质上的无效，所以他们干脆选择沉默。他们的这种沉默并不是维特根斯坦式的对不可言说的承认，而是对言说本身丧失信心，特别是对关于故乡的言说陷入难以超越的绝望。这种绝望感既来自归乡者的自我心境投射，同时也源于故乡人无意义言说的嘈杂与喧哗。正是在故乡人滔滔不绝的言语包围中，归乡人才在自己的故乡中体会到一种莫名其妙的陌生感。这种陌生感无时无刻不在提示着归乡者处境的孤独和无助。也正是源于这种陌生感，归乡者在故乡中体会到了与故乡之外相似的他乡感。如果说"反认他乡是故乡"将古代乡愁抒写到极致的话，那么孙频对"反认故乡是他乡"的深刻揭示则将现代乡愁的描摹推向极致。

其次，思维方式的差异。归乡者与故乡人在思维方式上的差异也被孙频悉心洞察。归乡者不过是在故乡中找寻一份内心的宁静，而故乡人却总是试图打破宁静，而且往往是源自善意的本能。故乡人理解不了为何归乡者在离乡多年后会主动回到故乡，归乡者也自始至终不愿吐露自己归乡的目的与动机。在故乡人的观念中，外面的世界很精彩，归乡者的回归必然存在某种不可告人的秘密。而在归乡者在外面的境遇很糟糕，回归故乡的目的和动机难以向他人言说。在故乡人的价值取向中，归乡者的回归意味着不可否认的失败，而在归乡者的价值取向中，故乡是失败后的慰藉。总而言之，故乡人与归乡者虽然属于同一故乡，但精神世界却是两个没有任何交集的对立存在。故乡人在固有的思维方式中延续着对故乡世界的建构，归乡者在自我的观念统摄下绘制理想故乡的画卷。前者是真实但不可爱的故乡，后者是可爱但不真实的故乡。但两个故乡对立与冲突的承载者却只有归乡者，故乡人不会也不可能意识到现实故乡之外的另一故乡的存在，而归乡者之所以选择义无反顾地归乡，恰恰是对那个现实之外的另一故乡的执迷。也正是源于此，归乡者的精神状态始终处于压抑与危机之中，而这一点是故乡人难以理解的。

最后，行为方式的差异。话语方式和思维方式的差异最终导致故乡人与归乡者在行为方式上的根本差异。故乡人在生命的持续惯性中按部就班，归乡者在怀疑一切的反叛中踟蹰不前。故乡人顺其自然的安逸中掩盖着的是无能为力的逆来顺受，归乡者百无聊赖的寂寞中潜藏着的是无可奈何的撕心裂肺。在孙频笔下，故乡人已经习惯了故乡现有的一切，既无改变现实的渴望，更无逃离故乡的冲动，归乡者始终难以适应故乡的现实，但对于再次离开故乡又缺乏足够的勇气。故乡人因为未曾体验背井离乡的苦楚，自然也难以对故乡产生多少眷恋，归乡者亲历离乡的艰辛，所以在利益最大化的选择面前被迫接受故乡的现实。但是，故乡人虽然对故乡欠缺必要的情感，但也对故乡没有强烈否定，而归乡者虽然被迫认同回归故乡的事实，但在心底对故乡依旧埋藏着某种期待。即便是他们清醒地意识到这种期待只能停留在期待层面上，永远也不会成为现实，但是他们在内心依旧愿意留存着这份期待。正是在这份期待的勉强支撑之下，对故乡彻底丧失信心的归乡者才不至于陷入彻底的沉沦。这既是归乡者真实的心境，也是一个有责任感的作家对现实困境的顽强抵抗。归乡者虽然与故乡再难回到原初的和谐，归乡者虽然永远不会再续唯美家园的梦幻前缘，但在归乡者身上我们依旧可以看到某种希望，这种希望虽然微弱，但没有彻底泯灭，至少在孙频这样的作家笔下，依旧竭尽全力地守护着故乡涅槃重生的希望。

三、乡愁本质的时代缩影

为了充分揭示孙频笔下乡愁的独异性，有必要借助于文学史的丰富资源，在共同性的乡愁抒写的观照中确证孙频对乡愁这一主题的深化与发展。现代文学诞生之初，受鲁迅影响的乡土文学在进步与落后、觉醒与愚昧、追忆与远离的多维并置中开启现代意义的乡愁抒写。乡土文学首次触及了现代知识分子对故乡的双重情感纠葛。一方面在启蒙的视域之下迫切地希望终结故乡的落后与禁锢，另一方面又从生命的情感本能出发对故乡流露出难以消解的无限怀念。虽然不可避免地带有主题先行的痕迹，但在文学史的意义上记录了那个特定历史时期知识分子对故乡的复杂矛盾情结。与乡土文学相比，孙频笔下的乡愁虽然同时兼具对故乡的正负两个层面的情愫，但这种相互对立的情愫并非像乡土文学那样源自启蒙思想的介入，而是"在努力地呈现一个更复杂的现实，这个现实不是青春时代的非黑即白，不是年少轻狂的是是非非，而是充满着无奈、承受、沉默而没有那么多清晰的错与对的现实"①。乡土文学自始至终都是在启蒙观念的思维框架中对故乡展开个性化的解读。而作为中国现代乡土文学开山鼻祖的鲁迅，虽然立足启蒙，但在创作中对启蒙话语本身有着自觉的反思批判。鲁迅之所以质疑启蒙，正是源于对

---

① 李振. 地方性经验、底层与成长的青年性——2016年中篇小说印象［J］. 当代文坛，2017
（2）：46—49.

人类自身存在困境的深刻洞察。鲁迅在笔下人物自身应有的发展逻辑中敏锐地发现，启蒙观念只能带给他们反抗的鼓舞，却不能给予他们反抗的胜利。而且无论怎样反抗最终的结果都是不可避免的失败。启蒙思想并不能合理解释人类悲剧性命运的原初力量，更难以实现人的自由意志与外部现实之间的真正意义上的和解。鲁迅相较于其他乡土作家更具忧患意识，他深知并不能借助自己的创作终结自身所遭遇的现实困境。因此，即便是鲁迅在《故乡》等作品中表达出的始终不愿放弃最后的希望，但总体上依旧给读者留下悲凉的无奈与惆怅。而孙频的乡愁抒写则恰恰淡化了启蒙的色彩，主要继承了鲁迅对人现实存在危机与困境的深刻揭示，"将笔触拓展到更为广袤的土地上，从乡土视阈观察感悟自我生命历程，勾勒极具地域色彩的风俗人情和转型期乡土伦理的裂变"①。《白貘夜行》的主题与其说是对现代女性的乡愁叙事，不如说是对现代女性身份确定与坚守的绝望反抗。作品中的四个女性在各自的生命轨迹中呈现社会转型期女性被抗争与妥协交替主宰的艰难与辛酸。康西琳的离乡与归乡演绎的正是自我实现的艰难与异化。她为了追逐自我独立的身份认同离开家乡，历经磨难之后返回故乡后的返璞归真与其说是洗尽铅华后的大智若愚，不如说是被生活摧残之后的精神裂变。她对现实窘境的不以为意带有明显的刻意成分，对过去纷争的既往不咎也绝非历经磨难后的超凡脱俗。她的种种看似怪异的行为不过是对理想自我的顽强守望，而且这种守望本身带有明显的自我表演意味，即便是这种表演貌似没有任何伪

---

① 房广莹.80后写作：青春叛逆与乡土皈依［J］.南方文坛，2019（6）：69-74.

装成分，也只是因为她自我精神本身已然发生彻底的异化，只不过是从自觉性的反抗变异为自发性的习惯。在作品的结尾，她以不可思议的方式夜游只不过是一种自我戏谑性的行为艺术，虽然在客观上带给人强烈的视觉冲击和精神震撼，但依旧不能从根本上实现她最初追逐的自由。而其他三个女性压根不敢尝试，因为她们本能地畏惧这种追逐自由的代价。孙频借助乡愁这一主题，将现代人的生存危机全方位呈现出来，并不断推进这一时代缩影的人类学反思深度。

现代文学中的京派创作同样涉及乡愁主题。在京派创作中，城乡二元对立是其基本的价值取向。在京派作家看来，城市所代表的现代文明对乡村所代表的传统文明形成逼迫式的挤压，传统道德在现代物质欲望的刺激与追逐中不断沦丧，现代人精神危机的根源正是物质欲望的无限开掘，因此疗治"现代都市病"的根本药方在于回归田园而非执迷都市。与京派创作不同，孙频的创作没有明显的价值取向，或者更为确切的说法是孙频对乡村与城市所代表的价值取向持有高度的警惕与怀疑。在她看来，问题并非出自城市或是乡村本身，而在于生存其中的人本身。正如她自己所言："城市与我的本性始终是有隔膜的，这一方面是因为根不在城市里，始终难以成为连心之地，另一方面大概是因为自己没有更多的能力和力气去更深地融于城市，浮在表面的终究还是表面，就像油难以融入水。"①京派创作对城乡对立的揭示本质上是人自我分裂的外在表现，也就是人一方面有着对物质的无限渴望，

---

① 孙频. 一场对精神故乡的探寻 [J]. 粤港澳大湾区文学评论，2022（5）：121-123.

另一方面又对精神安顿有着本能皈依，人既难以抵挡感官刺激的强烈诱惑，又虔诚地向往自在圆融的理想境界。因此，孙频在创作中借助乡愁集中展现人自身固有且难以超越的二元对立，同时在此基础上展开进一步思考，即探究这种对立的结果。京派作家只是从自身立场出发对现代异化的恶果予以强烈批判，但欠缺对回归传统倾向的必要反思。而孙频则在抒写中对城市与乡村展开同等性的结果反思。在城市中不断加剧的乡愁只能通过回归乡村来消解，回归乡村的不适应又只能借助于再度离乡来终结，即追逐城市的结果是回归故乡，执迷于乡村的结果是再度离乡。这意味着终极理想只能在寻找的途中，但却从未能够抵达终点。之所以会陷入无限循环的虚空，是因为最初的目标本身存在自我否定的异质性因素。人之为人正是源于人的无限可能性，每个人的本质只能在其生命终结之后才能盖棺定论。因为人始终处于矛盾之中，人为了解决当下的矛盾，必须要采取某种行动，而在这种行动的作用之下，新的矛盾也必然随之产生。因此，对于个体的人来说，永远不会存在纯粹的理想家园，任何一个新家园的开拓必然建立在另一个新的可能诞生的基础之上。也正是源于此，只要生命继续，新的可能就会被创造，新的乡愁也会不断涌现，新的逃离与回归自然依旧持续。孙频正是站在理解人的高度之上诠释乡愁，因此她描摹的乡愁不仅具有介入现实的逼真，更具超越现实的意义。

第二节　反叛与皈依杂糅的代际冲突

　　孙频对代际冲突的描摹不再纠缠于概念化表征，而是从生命体验的真实性追求出发，揭示成长过程中叛逆的虚假性。在她看来，所谓的对父辈的反叛并非纯粹意义上的行为对抗和精神革命，而是一种欠缺个体精神自觉的观念性盲从，一种转嫁矛盾和推卸责任的拙劣表演以及一种掩盖现实、自我逃避的自欺欺人。反叛最终的结局自然是对家庭的重新回归，只不过这种回归并不仅是物理意义上的肉体位移，而是反叛者在精神共鸣和情感认同驱动下的灵魂皈依。反叛者从虚假性反叛到实质性皈依的过程，本质上是从表演性的个性张扬转向家庭情感的本能认同，是对自我与世界认知的全面更新与自觉的精神成长。

一、虚假性反叛

　　"新世纪以来，作家的代际冲突频仍，多表现为'80后'作家群与前辈几代作家的冲突。这种代际冲突，不是简单地出于'影响的焦虑'，而更多的原因，则是新世纪中国社会的多重文化范式叠加效应"①。作为"80后"作

────────────

① 雷鸣.新世纪以来作家代际冲突的文化诠释［J］.山东社会科学，2016（3）：50-55.

家，孙频笔下的代际冲突一反传统的二元对立模式，她并不关注冲突双方的观念分歧和矛盾纠葛，也不展开任何非此即彼的道德评判与情感说教，而是致力于扭转惯性思维支配下对代际冲突的概念化审视与抽象化认知。前者将代际冲突单方面视为差异观念碰撞的逻辑必然，后者将代际冲突简单化为文化变革过程中普遍存在的倾向对立。

首先，孙频敏锐地觉察到代际冲突中反叛者的反叛理由普遍存在观念先行的现象，完全是一种为了反叛而反叛的盲目性效仿。反叛者对父辈的敌对态度并非出于生活中的现实矛盾，仅仅是一种主观预设的想象，甚至普遍性地存在"他人反叛，我也反叛，他人理由充足，我也理由充足"的逻辑。"由抽象的观念追求，落地为实在的社会流动问题，最后转向内心世界的焦虑与不满"①。在反叛者的思维框架中，与父辈的认知差异必然会导致不可避免的矛盾冲突，要解决这一矛盾冲突的唯一方式只有永不妥协的持续反抗。但问题在于这种判断只在逻辑上存在部分的可能性，绝非客观现实的合理呈现。从这个意义上说，反叛者是将自我虚构的假象作为现实行为的依据，这就意味着其反叛行为本身缺乏坚实的基础。孙频作品中的父亲形象几乎都处于一种长期的缺席状态，只有在逢年过节时才回归家庭。因此，孩子对父亲的认知是极为模糊的，基本上是一些碎片化的散点记忆，为了在脑海中形成一个父亲的整体形象，他们唯一能做的只有通过自己的想象将记忆的碎片重组。在这种记忆碎片的重组过程中，个人的主观想象不可避免地发挥了重要

---

① 许纪霖.躺平：代际冲突下的"后浪"文化［J］.探索与争鸣，2021（12）：8-11.

作用，甚至在某种程度上主导了对父亲认知的判断。正常的逻辑应该是客观现实构成主观认知的依据，而反叛者则完全反其道而行之。主观的想象成为现实行动的驱动力。这种颠倒不仅在客观上确证了反叛者反叛行为的观念性盲从，而且意味着这种反叛行为本身不具备基本的合理性前提。同时需要指出的是，即便悬置反叛者反叛行为的观念性盲从，反叛者的反叛理由也根本经不起推敲。孙频在代际冲突的描摹中揭示了多数人不愿正视的残酷现实：反叛者的反叛方式虽然千差万别，反叛的过程与结果虽然因人而异，但反叛的深层理由却是惊人的一致，即父亲没有创造理想的生活。对现实生存境遇的强烈不满构成反叛的不竭动力，与他人对比后的心理落差成为反叛者坚信不疑的反叛理由。这意味着反叛者的价值取向本身是病态的和扭曲的，他们将财富与享乐作为唯一的评判标准，甚至凌驾于亲情之上，亲情的浓度完全取决于功利主义的计算和虚荣心的满足，甚至是不劳而获地坐享其成。

孙频的深刻之处在于并没有单方面站在道德制高点批判反叛者，而是在对现实的精准把握中深刻透析反叛对象同时也存在的精神痼疾。"将道德评判延期，这并非小说的不道德，而正是它的道德。小说是道德审判被延期的领地"[1]。孙频笔下的被反叛者的精神状态是清一色的颓唐，不仅没有父亲本应具有的威严，甚至完全沦为孩子任意指责与奚落的对象。更令人难以理解的是，面对孩子挑战权威的过分行为，父亲一致性地采取逆来顺受的逃避和无可奈何的忍受，几乎从未与孩子发生正面冲突，甚至连基本的情绪宣泄都没有。究其原因，则在于父亲的观念与孩子完全一致。他们也对自己的现

---

① 米兰·昆德拉. 被背叛的遗嘱 [M]. 孟湄，译. 上海：上海人民出版社，1995：6.

实处境极为不满，充分意识到自己没有尽到父亲的责任，深深的自责与愧疚迫使他们在面对孩子的无端指责和人身攻击时只能选择忍耐。这本身是极为荒诞的，将财富作为价值评判的唯一标准本身就是观念扭曲的结果，将财富凌驾于亲情之上更是纯粹的无稽之谈。但这却正是当下现实的真实写照。换句话说，荒诞与现实之间本应清晰的界限已经变得十分模糊，荒诞以最为真实的方式不断上演，身处荒诞之中的人从未有过任何荒诞的感受，相反始终坚信自己以最为真实的方式活着；现实以极端荒诞的方式持续展开，身处现实之中的人本能拒绝没有荒诞的现实，甚至主动参与制造包裹现实的荒诞。在现实的荒诞与荒诞的现实中，反叛者的反叛本身就带有明显的表演性。反叛者的反叛之所以是表演性的，是因为只有在虚构性的表演中，反叛者才能实现现实生活中无法完成的自我确证与自我满足。在孙频笔下，反叛者在现实生活中普遍处于失意状态，而躲避现实的最好方式莫过于沉溺于虚构性的表演之中。在虚构性的表演中，反叛者不仅牢牢掌握反叛的领导权，而且始终处于掌握一切的虚幻高峰体验之中。正是源于此，即便他们明确意识到反叛的表演性，但也依旧沉溺其中不能自拔。因为只有在这种反叛的表演中，他们才能获得精神危机的缓解，才能暂时回避现实生活的重压。表演成为他们超越现实困境的唯一方式，即便他们清醒地意识到这种超越方式本身是虚构的。因此，从表面来看，反叛者的反叛表演是一种精神危机的病态超越，实质却是推卸责任的矛盾转嫁。所谓推卸责任是指反叛者本能地拒绝承担本应属于自己的责任，单方面地将全部责任推向父母，为了逃避承担相应的责任，只能在反叛的表演中强迫自己遗忘。他们清醒地意识到，责任是根本无法推卸的，唯一可能的方式是遗忘自己的成长，单方面地将自己视为孩子，等待父母为其遮风挡雨。但成长本身是不可逆的，更不会以个人拒绝的意志为转移。那么只有在虚假性的反叛表演中，才能暂时脱离现实，在虚构性的想象中单方面完成精神危机的虚假超越。所谓矛盾转嫁是指反叛者自身无力对抗生活重压的强力逼仄，又不愿承认自己能力不足或努力程度不够的客观现实，只能在对父母的反叛表演中转移矛盾的焦点，通过对父母的反叛麻痹灵魂撕裂的痛苦，彰显病态的自尊。

《海鸥骑士》中的"我"为了掩盖大学毕业后依旧"啃老"的现实，只能将父亲作为假想敌，将一切失意归结于父亲，甚至自欺欺人地认为自己当下的一无是处完全取决于父亲的缺席与不作为。"因为混得不好，便不太愿意回家，和父亲偶尔见一面，说不了两句话，我就不耐烦地把他顶回去，不用你管。甚至有一次还吵了起来，他又忧心忡忡地问我有什么打算，我最怕这种话题，所以张口就是一句，你懂什么？事后我也有些后悔，觉得应该向他道个歉，但我又告诉自己，以后再说吧。"①在这种矛盾转嫁的反叛表演中，作为反叛者的"我"强迫自己相信自己杜撰的谎言。因为只有这样，才能掩盖现实无路可走的窘境，为自己的灰色人生找到一个看似合理的解释；更为重要的是，只有在这种自导自演的反叛中，"我"才能暂时遗忘发自内心深处的愧疚，才能摆脱良心遭受谴责的痛苦。作为反叛者的"我"并非没有情感的冷血动物，而是只有在这种"前卫"另类的伪装之下，才能麻

---

① 孙频.海鸥骑士［J］.收获，2023（2）：18-42.

痹自己的敏感神经，使自己不至于陷入精神危机中不能自拔。因此，推卸责任也好，矛盾转嫁也罢，不过是一种自我精神疗伤的极端方式，一种生命的自我本能。需要说明的是，这种表演性反叛从表层来看是反叛，实质却是高强度的依赖。恰恰是因为无法应对外部世界的挑战，只能回归家庭找寻安慰，而反叛父母的成本最低，所以成为反叛者集体性地选择。而颇具悲剧意味的是，如果说反叛者的反叛表演是一种无能为力的被动选择，那么作为反叛对象的父母则是一种无可奈何的主动接受。他们明知自己孩子的反叛行为既无道理又无意义，但他们还是义无反顾地接受孩子的横加指责与人格践踏。这不仅是舐犊之情的本能流露，更是对孩子愧疚之情的病态补偿。在他们看来，孩子眼下的绝望与失意完全是因为作为父母的自己没有尽到应尽的责任，孩子的痛苦对他们的摧残程度远远高于自己的痛苦，面对现实的无法改变，他们唯一能做的就是配合孩子的反叛表演，希望在配合演出的过程中或多或少为孩子做点什么。然而颇具吊诡意味的是，孩子越是反叛，越能激发父母的舐犊之情，父母越是努力配合演出，越是加剧孩子的抵触和厌恶情绪，催生变本加厉的反叛，从而陷入永无止境的恶性循环。孙频深刻揭示了这一过程中代际冲突双方的矛盾心理。从孩子方面来说，作为反叛者的他们迫切渴望父母的配合演出，因为只有表演的持续进行，他们才能暂时沉浸于反叛角色之中，才能遗忘现实失意的痛苦和自我精神弱化的创伤。但另一方面他们又或多或少地希望父母不再配合，终结这一虚幻且自欺的演出。这不仅是源于对父母无私付出的愧疚，更在于他们难以永久沉溺于幻象之中，偶然的清醒不仅让他们意识到这种反叛表演的虚假性，更提醒他们落幕的那一刻意味着重新回到荆棘丛生的现实之中，既然无路可逃，为何还要强迫父母作出无谓的牺牲。从父母方面来说，作为反叛对象的他们一方面希望孩子完全沉浸于这场表演之中，因为至少在演出中孩子可以摆脱现实的无情挤压，至少让他们体验到对于孩子的付出。但另一方面他们又希望这场荒诞的演出尽早结束，因为虚假的终究无法成为现实，孩子迟早会从梦境中惊醒，与其让他们承受美梦消逝的痛苦，不如让他们直接面对现实的困境。因此，参与反叛表演的双方共同陷入清醒与沉睡的矛盾之中。一方面他们渴望清醒、拒绝沉睡，理性的自觉要求他们认清现实，对现实的回避完全无益于问题的解决；另一方面他们又渴望沉睡、拒绝清醒，逃避的本能诱惑他们远离现实，在虚构的幻象中无限期地推迟残酷现实的最终降临。换句话说，孙频通过对反叛性表演的传神演绎，揭示出其自欺欺人的本质，只不过这种自欺性具有主客观的双重因素。从主观方面来说，反叛者只有在这种自欺欺人的虚假幻象中才能逃避现实生活的重压，矛盾转嫁与责任推卸是他们唯一缓解精神危机的有效方式；从客观方面来说，残酷的现实永远是反叛者无法改变的，反叛者除了自我麻痹的妥协，也丧失了任何获得拯救的可能。

然而，孙频并不满足于此，在揭示反叛表演的自欺性本质后，她还将对代际冲突的拷问推向极致。代际冲突存在的前提一定是反叛者与反叛对象同时存在，任何一方的缺失都意味着代际冲突的根本消逝。因此，孙频设计了反叛表演的最终章——反叛对象的死亡。《天物墟》《海鸥骑士》《去往澳大利亚的水手》等作品都是以反叛对象的死亡开启讲述的。反叛对象的死亡不仅意味着反叛表演的彻底终结，更意味着反叛者从此需要独立支撑现实生活的重压，再没有可以矛盾转嫁和推卸责任的对象。虽然反叛对象的死亡有着偶然性，但这种偶然性背后有着确定性的必然。死亡的到来时间是不确定的，但可以确定的是死亡迟早会来临。因此，反叛者迟早要踏上独自应对现实生活的艰难旅途，等待着他们的是没有父母羽翼呵护的丛林法则。至于此，代际冲突中反叛的虚假性本质得以彻底揭示。即便是最极端的反抗，也没有彻底切断与父母的精神联系，作为反叛对象的父母始终是反叛者的精神支柱，只是在这一支柱完全倒塌之后，反叛者才会获得清醒的自我认知。也只有在父母离世之后，反叛者才算是真正意义上踏上了纯粹的反叛之路，只不过这一次的反叛再没有可以无条件配合演出的忠实"粉丝"，也没有可以任意转嫁矛盾的指责对象。在这条新的反叛之路上，先前的反叛成为反叛者持续怀疑和反思的对象，反叛本身也在这种怀疑与反思中走向新的精神维度。

二、实质性皈依

如果说反叛本身带有毋庸置疑的虚假性成分，那么反叛最终的结局自然是对家庭的重新回归，只不过这种回归并不仅是物理意义上的肉体位移，而是反叛者在精神共鸣和情感认同驱动下的灵魂皈依。他们不再执迷于观念性的反叛和虚幻精神危机的病态超越，而是在实质性的精神成长中获得生命意义的本真体悟。"从一定意义上说，代际冲突具有一些积极意义，有利于代际双方的自我成长，有利于代际关系的深入和升华，有利于代际文化的新陈代谢。"①
当然，这一过程不可能是一蹴而就的。反叛者精神成长的过程需要经过痛苦
的精神炼狱，是在持续的自我否定和不断的精神撕裂中艰难的自我创生。任
何一个过程都是必要且不能直接跨越的，否则就需要以中断精神成长甚至是
半途而废为代价。

　　反叛者在精神成长的过程中首先经历的是对曾经反叛对象的理解。这种
理解不仅是字面意义上的接受认同，而是有着丰富精神内涵的现实所指。当
反叛者被迫独自踏上生命的旅程，只能依靠自己应对生活中的多重挤压与不
确定之时，特别是对父亲曾经的真实生存境遇有了感同身受的体验之后，他
们才真正意识到父亲所面临的艰辛和难以超越的生存压迫。这一点在《海鸥
骑士》中表现得尤为突出。在子承父业之前，"我"对作为远洋水手的父亲
的认知完全是模糊的。在"我"的认知中，父亲就是一个长期缺席的模糊称
呼，甚至他在事故中丧生也难以唤起"我"的任何悲痛。而当"我"追寻父
亲的脚步，踏上远洋征途之后，先前对父亲的认知在潜移默化中悄然发生着
改变。父亲的形象从模糊不断走向清晰，对父亲的情感也从最初的冷漠持续
加深，在最后甚至产生难以割舍的依恋。究其原因，则在于"我"在子承父
业的过程中真切体验到父亲曾经的艰辛，对父亲从未言说但却真实存在的生
命创伤感同身受。在海上长期漂泊的水手承受着肉体与精神的双重折磨，不
仅面临着食物单一引发的职业疾病，而且无时无刻不被孤独与苦恼纠缠。即

---

① 邵二辉.第五代人与亲代代际冲突探析［J］.中国青年研究，2013年（2）：97–101.

便回到岸上，痛苦也并没有随之消散，甚至以各种意想不到的方式加剧。长期的孤独导致水手普遍丧失基本的社会沟通能力，回到岸上后会引发社交恐惧等一系列不适应障碍，甚至在他人的不理解和另类眼光中走向自闭。即便在家里也难以保持安稳的睡眠，因为长期的飘荡感已经让他们难以适应岸上的稳定。因此，几乎所有远洋水手都在假期尚未结束前主动选择回到船上。所有这一切对于先前的"我"来说都是不可想象的，也只有在切实的感同身受中才真正理解了父亲的不易，从而充分意识到先前反叛行为的过分和偏激。先前的反叛完全是建立在对父亲的误解之中，父亲的一切反常行为其实都有着现实的根源，而且即便遭受远洋航行的生命摧残，依旧没有消解父亲对孩子的爱，只不过作为水手的父亲表达爱的方式有些特别而已。也正是源于此，理解父亲的过程同时也是与父亲和解的过程，更是理解自己的过程。所谓与父亲的和解是指对父亲的精神认同，不再执迷于先前虚假性的反叛，转而设身处地地站在父亲的立场和角度体悟其生前的艰难困苦。所谓理解自己是指先前之所以会陷入虚假性的反叛，恰恰是源于自我认知的偏颇，即对自己的生存境遇、精神图景乃至理想希冀没有理性客观的认识，从而导致在自我的迷失中陷入代际冲突的旋涡难以自拔，在自欺欺人的矛盾转嫁和自我麻痹中逃避现实困境的压迫。因此，从这个意义上说，理解父亲或者更为确切的说法是理解自我的过程本质上是一种生命领会和精神成长的过程。孙频通过情节的合理设计，提供了一种缓解代际冲突的有效方式：不是积极配合孩子反叛的虚假性表演，而是结合自身实际情况引导孩子找到适合自己的人生方向和价值追求。

如前文所述，单方面配合孩子的虚假性反叛表演只会加剧孩子的反叛程度，在激化矛盾的同时将孩子推向沉睡与清醒的两难抉择之中，只有让孩子摆脱外在观念的束缚，切实参与到具体的现实生活之中，才能在自我的精神觉醒中完成真正意义上的成长。需要追问的是，上述缓解代际冲突的方式是父亲的理性自觉还是生命本能？是父亲先觉醒，意识到问题的实质之后引导孩子走上正轨，还是孩子在父亲生前道路的体验中自发地实现精神的成长？可以肯定的是，任何一种答案都难以获得普遍性的接受与认同，在缺乏事实依据的前提下，任何看似合理的解释都不可避免地带有想象成分。因此，最为合理的可能是兼而有之。父亲在生命的最后阶段突然意识到对孩子最为负责任的方式不是竭尽所能地包办与替代，而是主动放手，让孩子谱写属于自己的生命乐章。孩子在体验父亲曾经艰难困苦的过程中不断告别过去封闭的自我和狭隘的观念认知，以一种更为合情合理的方式自我反思、自我规划。《天物墟》与其说是孩子寻找父亲曾经的足迹，探索父亲鲜为人知的心路历程，不如说是孩子在父亲的暗示中远离城市的喧嚣和功利主义的泥淖，在对自然的守望中安顿曾经躁动不安的灵魂。正如孙频所描述的那样："目光落在我身上，万物已沉入黑暗，我再次在天地之间闻到了那种神秘的力量。像在黑暗中触到了一只巨兽温柔的鼻息，微微有些恐惧，却又忍不住想流泪。我明白，它正是我想要的那种来自宇宙间的巨大庇护。"①如果从世俗评判标准来看，父亲似乎并没有尽到应尽的责任。既没有有效改善家庭生活条件，

---

① 孙频.天物墟［J］.十月，2021（3）：4—35.

也没有为孩子的成长提供任何便利条件。但父亲却在临终前为孩子指出一条洗涤灵魂的朝圣之路，引导孩子在回归自然的自在圆融中超越世俗欲望挣扎的羁绊，在情操的陶冶中实现灵魂的净化和诗意的自由。

可以肯定的是，孩子从虚假性反叛到实质性皈依的过程伴随着观念的变化，正是对自我与世界认知的全面更新导致孩子从盲目的效仿反叛转向自觉的精神成长，从表演性的个性张扬转向家庭情感的本能认同。但需要追问的是，这种观念的转变是如何完成的，真正推动这一转变的内在驱动力到底是什么？孙频似乎并不满足于停留在事实经验层面的真实还原，她更致力于探究在这些经验事实背后的逻辑基础和运行机理。在孙频的作品中，她通过形象化的演绎和情节的设置，在逻辑层面和事实层面给出双重的答案。首先，孙频明确意识到观念本身是处于动态发展的，任何对观念的静态化描述都是对观念本身的生硬切割，只有将观念放置在动态的发展之中，才算是真正意义上实现合理的把握。因此，虽然在情节设置中逻辑预先规定代际冲突的走向是从虚假性反叛转向实质性皈依，但一定要依托具体鲜活的人物和事件的有效支撑。也正是源于此，孙频在诸多作品中将主人公带入父亲曾经的生活之中，通过他们对父亲曾经生活的真实体验，推动观念的切实变化，又通过观念的持续调整，引发现实行为的不断变化。换句话说，孙频在阐释孩子精神成长过程的时候严格遵循观念与行为之间的辩证关系。观念既是行为的依据和准则，又是行为的结果和产品，观念只有在行为的开展过程中才会逐渐形成，行为也只有在观念的现实化过程中才能焕发生机。无论是《天物墟》中的"我"对自然的守望，还是《海鸥骑士》中的"我"对大海的遐想，都是在亲历父亲的生命轨迹甚至是苦难与血泪之后才形成了全新认知，也只有在这种日日夜夜的感同身受中，"我"对父亲的理解的深入程度才能得以不断加深。恰恰是现实体验的点点滴滴构成了作为昔日反叛者的"我"的精神成长养料，否则父亲的生命仅仅是主观任意篡改的僵化概念和虚假想象。反叛者的精神成长不能以量化的方式衡量，精神成长本身是一种潜移默化的过程，无法用科学计量的方式准确判断某个阶段到底处于何种状态。助力精神成长的最佳方式是遵循其自身规律，在现实生活的反复体悟中完成精神跃迁。

任何真正意义上的精神成长必然需要时间的积淀和生活的积累，抽离掉其中任何一方都必然使精神裂变，甚至走向最令人惋惜的反向成长。因此，从这个意义上说，孙频在演绎代际冲突的过程中间接地为现代教育特别是家庭教育提供了有价值的参考：不要过度执迷于对孩子外在性的指导和给予，应该遵循精神成长的客观规律，给孩子更大的自由空间，让他们在现实生活的真切体验中激活生命原初的真实感受，从生命旅途的酸甜苦辣中确证自我的合理认知，在灵魂撕裂与安顿的循环交替中唤醒被生活重压钝化的敏感神经。《海鸥骑士》中的"我"在子承父业之前完全处于一种行尸走肉的颓废状态，不仅对现实生活采取无意义的敌对态度，而且丧失对世界本能具有的兴趣与好奇，在一种莫名其妙的沮丧中自怨自艾，在一种鬼使神差的焦虑中彷徨迷失。同时更为可怕的是不敢正视自我，无所在意的背后掩盖的是对自己一无是处的无可奈何，超凡脱俗的外衣之下隐藏着的是无法改变现实的无力，怀才不遇的满腹牢骚遮蔽的是对自我当前现状强烈不满的痛心疾首。可以预见的是，如果"我"不子承父业出海航行，那么"我"只能永远陷入虚假性反叛的泥淖之中。只有长期在海上孤独漂泊才能让"我"重新思考人生的价值与意义；只有真正体验到远洋航行的艰辛和苦痛才能让"我"彻底明白先前的幼稚与可笑；只有在与水手的真实交往和灵魂共振中才能理解父亲曾经的艰难困苦和九死一生；只有在重新踏上坚实的陆地之后才会珍惜曾经厌恶甚至痛恨的平凡生活。所有这些生命的领会和精神的成长都是建立在真实生活的体验之上的，否则任何有价值的倡导都是苍白的，任何合理性的人生规划都是无法实现的空中楼阁。孙频从剖析代际冲突的虚假性反叛入手，通过实质性皈依的生动描摹，不仅为代际冲突的解决提供了重要参考，更为现代人的灵魂拯救和精神安顿指明了启示性途径。有些人正在遭受精神折磨，不仅陷于永无休止的精神内耗之中，而且无法从根本上找到突破这一精神困境的有效渠道，面对难以承受的精神重压和无以复加的灵魂撕裂，只能在欲望的放纵与虚幻的满足中追逐毫无意义的病态心理满足。"技术统治的对象化特性越来越快，越来越无所顾忌，越来越充满遍及大地，取代了昔日所见和习惯所为的物的世界的内容。它不仅把一切物设定为在生产过程中可制造的东西，而且它通过市场把生产的产品发送出来。在自我决断的制造中，人的人性和物的物性，都分化为市场上可以计算出来的市场价值。这个市场不仅作为世界市场遍及整个大地，而且也作为意志在存在的本性中进行交易，并因此将所有的存在物带入一种算计的交易之中。"①这基本构成了一些人的精神现状：在不满中踟蹰，在焦虑中绝望，在纵欲中遗忘理想，在哀

---

① 海德格尔.诗·语言·思［M］.彭富春，译.北京：文化艺术出版社，1991：104.

怨中渴望救赎。这一切的根本原因在于现代人越来越远离真实的生活，甚至有的人完全陷入商品包装符号的裹挟和功利计算的欲望驱动之中。因此，超越这种精神困境的有效方式之一自然是回归现实生活，重新激活麻木已久的生命感性，唤醒沉睡的灵魂，以赤子之心拥抱自然。孙频通过解决一系列代际冲突矛盾，为现代人的精神救赎提供了标本兼治的良方。

第三节　普遍存在的畸形爱情

孙频笔下的爱情普遍性地呈现出某种畸形。孙频在创作中尝试通过对畸形爱情的反思，追问理想中的爱情是否存在，通过理想爱情对立面的全方位呈现探究人类爱情的价值与意义。在理想爱情与畸形爱情的二元对立中展开对人类爱情的形而上反思。在孙频看来，畸形爱情之所以具有超乎想象的吸引力，并非因为畸形爱情本身的诱惑性，而是因为畸形爱情在一定程度上满足了参与者特定的精神需求。畸形爱情之所以普遍存在，并不是因为畸形爱情具有先天的合理性，而是因为在理想爱情无法实现的挤压下，多数人被迫将畸形爱情作为替代品，通过填补自己情感空白的方式实现矛盾的转嫁。孙频通过对畸形爱情普遍存在和难以超越的生动描摹，展开对现代生存境遇下婚恋观念的文化反思，认为相较于畸形爱情的自我毁灭，平凡爱情的宁静幸福更符合人类的审美理想。

一、具体表现

孙频作品中的爱情往往以一种非理想化的方式呈现。这种非理想化一方面表现在爱情的过程是痛苦的，结局是悲剧性的，另一方面表现在恋爱双方始终处于一种不自由甚至是被压迫的状态。这种非理想化爱情的体验感同样是负面且消极的，不仅让人产生强烈的不适感，而且引发对这种非理想化爱情存在合理性与合法性的质疑与追问。正如孙频自己所言："我对爱情这件事本身就是带着宗教态度的，而我对于写作也是带着宗教态度的。它们是我的信仰，我不能不认真再认真地对待它们如生命。"①

孙频之所以对畸形爱情的描摹情有独钟，从根本上说是源于把握客观现实的创作冲动。随着文化多元主义的强势崛起和自由恋爱的选择成为常态，畸形爱情如雨后春笋般大规模出现。青年一代价值取向的游移进一步加剧了这种混乱倾向。如果说传统意义上的畸形爱情可以从物质性的诱惑和道德伦理的束缚与制约等外在因素中获得合理的解释，那么现代意义上的畸形爱情则呈现出更为复杂的多元性：既有成长创伤导致的心理扭曲的因素，也有片面理解自由主义支配下对传统婚恋观的矫枉过正，更有盲目效仿和自我麻痹等病态心理的影响。但基本上集中于内在的精神性因素。正是因为非理性反客为主地占据了主导地位，所以畸形爱情以超乎想象边界的奇幻方式成为客观现实，不仅对健康理性的婚恋观构成严重威胁，而且引发了一系列无法修复的精神创伤，使陷入畸形爱情的双方始终处于灵魂撕裂的痛苦和难以获得救赎的绝望之中。

孙频从催生畸形爱情的根源分析入手，找寻畸形爱情的破解之道。在孙频看来，心理的扭曲特别是童年时期造成的心理阴影是产生畸形爱情的重要因素。"她在小说文本中对心理疾病的把握，对原生家庭影响的书写，对创

---

① 孙频. 女人与女人，女作家与女作家［J］. 文艺争鸣，2016（4）：.

伤反应的描写都能从心理学找到依据"①。童年心理阴影的负面效应不仅极易引发不可逆转的人性扭曲，而且这些负面效应还以一种不确定的方式出现，以一种完全未知的方式随时施加毁灭性打击。《无相》中的于国琴在儿时多次目睹母亲为了生计出卖肉体的行为，这种生命最初的耻辱感和罪恶感以或隐或显的方式纠缠她人生的始终。即便当于国琴上了大学自以为完全遗忘之时，廖教授的病态猥亵将她压抑多年的痛苦重新激活，并在无法遏制的强劲迸发中彻底吞噬掉她残留的理智，并在廖教授的死亡之中获得病态的报复快感。如果说《无相》中主人会的童年阴影以隐性的方式发挥负面作用，《因父之名》中的童年阴影则以显性的方式彻底摧毁了田小会的一生。童年时期父亲的缺失不仅让她始终处于没有安全感的恐惧之中，而且将她完全暴露在丑恶的人性。多次被残疾老人强暴带给她的不仅是肉体的摧残，而使她的心灵极端扭曲，甚至对强暴者产生对父亲般的依赖和对恋人般的倾慕。这种心灵的扭曲虽然让人难以接受，但却以最为真实的方式呈现了无助少女在肉体和精神双重摧残下的本能选择。在没有任何依赖的恐惧与绝望中，作为施暴者的残疾老人恰恰成为她唯一且最佳的依赖对象。

如果说《无相》和《因父之名》的悲剧仅局限于受害者个人，那么《绣楼里的女人》则将受害者的范围扩大，甚至将这种生命的毒素蔓延展开。贺红雨在饱受继母欺凌的噩梦中长大，她本来希望通过婚姻彻底摆脱继母的压迫与束缚，结果却是以对爱情的失望和恋爱感觉的麻木为代价。从某种意义

① 王文胜. 新世纪以来学院型女作家两性关系书写［J］. 江苏社会科学，2019（1）：192–197.

上说，继母对贺红雨的病态折磨源于她自己曾经的被虐待经历，而作为受害者的贺红雨则将这种心理的扭曲加以延续：女女、二女女、云云在贺红雨有意无意地安排与操纵下以不同的方式重复着她的悲剧，或者更为确切的说，重复着贺红雨继母的悲剧。人性的扭曲并不可怕，可怕的是这种扭曲以病毒的方式无限蔓延，造就了一个个原本不应该出现的畸形爱情，残害着一代又一代原本无辜的生命。

如果说童年的心理阴影是畸形爱情的温床，那么理想爱情的破灭和恋爱中的创伤则成为畸形爱情的加速器。畸形爱情之所以是畸形的，是因为恋爱主体对爱情本质的理解发生了裂变，不再将爱情视为两情相悦的自由守望，反而将爱情作为病态宣泄甚至满足报复心理的残忍手段。"我们看到的追求都是到处受到多重阻碍的，到处在斗争中；因此，这种情况存在一天，追求挣扎也永远就要被看成痛苦。追求挣扎没有最后的目标，所以痛苦也是无法衡量的，没有终止的……这人世间是偶然和错误的王国，它俩在这王国里毫无情面地支配着大事，也支配着小事。它俩之外还有愚昧和恶毒在一边挥动着皮鞭，于是任何较好的东西只有艰苦地突围，高贵和明智的东西很难露面而发生作用或获得人们的注意。"[①]孙频敏锐地捕捉到恋爱创伤可能诱发的堕落与沉沦，通过客观化的呈现，将畸形爱情的悲剧性推向极致。《祛魅》《玻璃唇》《醉长安》《一万种黎明》《隐形的女人》《色身》等作品中的主人公本身是以受害者的身份登场的，但面对精神创伤的难以愈合，她们的

---

① 叔本华.作为意志和表现的世界［M］.石冲白，译.北京：商务印书馆，1982：444.

内心普遍性地发生扭曲，不再相信爱情，转而以一种游戏的心态看待爱情，甚至在玩世不恭的戏谑中将爱情的创伤转嫁给别人。换句话说，她们以一种不自觉的方式完成了从受害者到施暴者的身份转换。伴随这一转换过程的是新的畸形爱情的产生。作为曾经的受害者，现在的施害者在亲手制造的畸形爱情中获得病态的报复快感。具体来说，这种报复的快感建立在对自我爱情创伤的复制上。在畸形爱情的制造者看来，既然自己未能收获理想的爱情，那么他人也休想实现；既然自己曾经饱受爱情创伤的折磨，那么他人也休想逃脱。在这种病态扭曲心理的支配下，畸形爱情的制造者竭尽所能地荼毒爱情，甚至不惜以牺牲自我为代价。《玻璃唇》中的林成宝和《鱼吻》中的江子浩就是典型代表。前者在自甘堕落的沉沦中享受病态心理的满足，后者在情感欺骗的恶习中错失收获理想爱情的最后机会。从表面来看，畸形爱情的制造者所进行的是病态的矛盾转嫁，实质上却是在自我虐待中的自我麻痹。报复他人和社会外衣包裹之下的是对自我的报复，而他们之所以有着极为强烈的自我报复冲动，是因为他们实际上并没有彻底遗忘理想爱情，只是现实爱情的失败迫使他们形成扭曲的心理，使他们本能地沉浸于这种自虐的快感之中。《醉长安》中的孟青提和《一万种黎明》中的张银枝在人生境遇和精神图景方面虽然存在明显的差异，但共同选择在自我虐待中守望恋人。这种虐待与其说是为了获得恋爱对象的认可与接纳，不如说是只有在这种病态的自虐中，她们才觉得爱情能够得以维系，生命才有意义。换句话说，自虐成为支撑她们活下去的理由。颇具吊诡意味的是，她们自己也无法区分真正需要的是收获理想爱情的滋润还是制造畸形爱情的快感。

从上述分析中不难发现，孙频通过形象化的演绎生动揭示出畸形爱情所处的尴尬境遇：一方面，畸形爱情的承担者自己并不满足；另一方面，畸形爱情也不可能获得社会的认同，甚至遭遇社会普遍的质疑与反对。这就从根本上注定了畸形爱情的悲剧性结局。畸形爱情的结局之所以是悲剧性的，是因为其与理想爱情带来的精神自由和灵魂解放相反，畸形爱情只会带来难以超越的精神危机，甚至让人彻底丧失基本的感受能力。《美人》中的杨敏玉和《碛口渡》中的陈佩行在经历失败的爱情和婚姻后本来已经对爱情不抱任何希望，但作为"奶油小生"的刘诺龙和龙龙的出现则再次激活了她们对爱情的期待。她们甚至觉得在拥有一定财富基础的前提下可以保证爱情的纯粹，至少不被功利色彩所玷污。然而令人失望的是，刘诺龙和龙龙在意的并不是理想爱情的精神满足，而是物质财富的不劳而获。这不仅让她们觉得被欺骗，更让她们产生无法承受的羞辱感和挫败感。羞辱感来自难以接受自己的情感再次被欺骗，挫败感来自无法承受真正吸引异性的不是自己的女性魅力，而是充满铜臭味的金钱。在羞辱感和挫败感的夹击之下，她们对爱情彻底丧失信心。

畸形爱情导致的精神创伤必然引发刻骨铭心的仇恨，这种仇恨之所以是难以扼制的，不仅源于遭受不公正待遇的本能反抗，更在于在畸形恋爱中的长期心理压抑的集中爆发。《祛魅》中的李林燕在最后之所以会有杀人的冲动，不仅在于她想竭尽所能地守护自己的不伦之恋，更在于多年来承受的情感欺骗终于找到一个宣泄的突破口。逝去青春的痛苦和饱尝欺骗的艰辛早已将她折磨得不成样子，唯一能够令她对生活抱有一丝微弱希望的只有眼下的畸形爱情。因此，任何想从她手中夺去这根救命稻草的人都会遭到她同归于尽式的毁灭打击。如果说报复是一种极端化的场景，那么进行无意义的自我救赎则是畸形爱情悲剧性终结后的常态。畸形爱情的受害者始终存在极大的观念误区，单方面认为自己的悲惨境遇不是源于畸形爱情本身，而是自己没有做到足够好，导致了对爱情的辜负。只要自己足够努力，坚持守护自己的爱情，不仅可以彻底摆脱当前的精神危机，而且可以实现甜蜜的幸福生活。因此，他们以一种宗教般的虔诚展开深入灵魂的忏悔，祈祷在她们眼中的所谓"理想爱情"的实现中完成自我救赎。《一万种黎明》《醉长安》《碛口渡》中的张银枝、孟青提、陈佩行虽然饱受畸形爱情的摧残，但始终没有选择放弃，而是一如既往地执着于对这种畸形爱情的守护，即便遍体鳞伤也毫不在意。与其说她们执迷于虚幻的理想爱情，不如说她们除了这种畸形爱情的虚幻守望一无所有。她们越是迫切渴望理想爱情，越是陷入对畸形爱情的病态执迷；越是迫切希望改变现状，越是陷入精神焦灼中不能自拔；越是有着救赎的憧憬，越是沉沦于畸形爱情的泥淖。换句话说，她们陷入一种无法摆脱的恶性循环之中。为了获得救赎所以寄托于畸形爱情，畸形爱情又总是将救赎的希望打破，从而持续加剧获得救赎的渴望。而最终等待她们的，只有悲剧性的生命终结。《皇后之死》是孙频于2010年发表的作品，以历史演义的方式将这种畸形爱情的悲剧推向极致。卫子夫最后除了死亡别无选择的无奈与绝望生动诠释了畸形爱情注定的悲剧性结局。

二、产生原因

既然畸形爱情结局的悲剧性是可以预见的，那么为什么总有人义无反顾投身其中，积极参与不同版本的畸形爱情演出，沉迷于畸形爱情带来的肉体折磨和精神摧残，甚至病态地将这种痛苦视为一种享受？孙频从未止步于现象的描摹，总是尝试探究隐藏在纷繁复杂现象背后的本质。正如她自己所言："我努力不带偏见和怨艾地去接受一切生活，去心平气和地观察一切人的生活方式。"[①]在孙频的作品中，畸形爱情的参与者基本上是社会底层的边缘性存在，始终处于被忽略和遗忘的境地。因此，相较于普通人，他们有着更为强烈的被认同渴望，迫切希望获得来自他者的接受与肯定。当正常方式无法实现这一卑微的愿望之时，他们只能寄托于畸形爱情这一极端方式。《骨节》中的夏肖丹从小在母亲的阴影中长大，父爱的缺失和母爱的畸形让她始终无法以一种正常的方式恋爱。因此，即便她明知自己成为"第三者"既不道德更是对自己的不负责，但却无法抵挡畸形爱情的诱惑。因为只有在畸形爱情的体验中，她才能够享受到从童年时期就异常渴望的体贴与呵护。可以预见的是，如果不是母亲以剁下手指这种极端的方式制止，夏肖丹必然重蹈母亲的覆辙。《乩身》中的常勇对畸形爱情的渴望则更为强烈。天生的残疾和从小被当作男孩抚养使她彻底丧失女性本应具有的所有特征，当全世界都将她视为男人之时，只有她自己有着回归女性的强烈渴望，甚至在夜晚时期等待被强奸。因为只有成为被强奸的对象，才能证明她是一个真正意义

---

① 孙频.文明的微光［J］.江南，2021（2）：23-24.

上的女人，而且这个真正意义上的女人能够像其他正常女人一样吸引男人。这当然是一种极为病态的心理，但却并非无法理解。与其说常勇在生命本能欲望的被压抑中心理变态，不如说她有着被认同的强烈愿望。常人无法理解她的极端行为与怪异心理，但却可以理解乃至同情她获得认同的强烈渴望，以及在这种渴望无法通过正常途径满足时的焦灼与撕裂。

对于积极投身于畸形爱情者而言，他们并非意识不到爱情的畸形属性，相反他们甚至清醒地预料到畸形爱情的悲剧性结局，但是他们却无论如何也抵御不住畸形爱情的诱惑，因为除了投身畸形爱情，他们找不到能够确证自己真实存在的方式。"对于现代人来说，建设一座宫殿可以是一个创造性的尝试，然而要住在里面却仍然是一件可怕的事情。"①如果能够获得理想中的爱情，他们当然不会执迷于畸形爱情，而问题恰恰在于理想中的爱情只能存在于理想层面，或者更为确切的说，他们在现实中能够把握到的爱情只能是畸形的。而为了向自己证明自己的真实存在，只能勉强接受畸形爱情，甚至沉浸在畸形爱情的痛苦之中。《同体》中的冯一灯其实对温有亮的欺骗心知肚明，她之所以并不反抗甚至假戏真做是因为她十分享受这种被欺骗的感觉。虽然身处谎言中，但冯一灯却体验到男人的呵护与体贴，而这种感觉是她之前从未有过甚至是想象不到的。即使明知呵护与体贴是虚假的且不可能长期维持的，但她依旧沉迷其中，甚至以主动自我催眠的方式强迫自己想象谎言。因为只有在这种谎言的装饰下，畸形爱情的畸形性才被隐藏起来。换

① 马歇尔·伯曼. 一切坚固的东西都烟消云散了：现代性体验［M］. 徐大建，张辑，译. 北京：商务印书馆，2013：4.

句话说，冯一灯以自欺欺人的方式虚幻地实现了理想爱情的守望。如果说《同体》中的温有亮竭尽所能地掩盖畸形爱情的真相，那么《自由故》中的王发财则直截了当地揭露了畸形爱情的事实。作为随时可能遭受死刑的逃犯王发财来说，女博士吕明月的精神危机完全是一种脱离现实的矫揉造作和没有任何意义的无病呻吟。因此，他以直白的方式将吕明月从精神危机的迷梦中惊醒，让她充分意识到一切烦恼和痛苦在死亡的催逼面前都是毫无意义的，治疗精神内耗的最好办法就是终结不切实际的幻想，直面现实的生活。作为女博士的吕明月在面对王发财的侃侃而谈时理屈词穷则客观证明了畸形爱情并不能真正获得自我认同，相反对畸形爱情的执迷本身恰恰是对自我认同的主动拒绝和远离，只不过作为当局者完全意识不到而已。

孙频通过形象化的演绎揭示了一个残酷的真相：畸形爱情之所以普遍存在，并不是因为畸形爱情具有先天的合理性，而是因为在理想爱情无法实现的挤压下，多数人被迫将畸形爱情作为替代品，通过填补自己情感空白的方式实现矛盾的转嫁。"孙频近年来最大的'断念'是对其书写激进女性疼痛经验的超克，是以退为进的敞开。她本是同辈青年作家中最集中也最焦灼地表达女性的身体经验的一位，前期不少小说都用'身体'命名，比如《同体》《青铜之身》《色身》《乩身》《天体之诗》等等，这些作品几乎一下手即抵达女性经验的腹地，对被压抑性别的申诉、密集的意象、超载的情节，给读者一种巨大的逼迫，正像以《疼》命名小说集一样，这种锋利过于昭彰，所谓的'以血饲笔'，读一篇会有切肤之感，读多了疼痛感反而被稀释了。"①《松林夜宴图》中的李佳音和《祛魅》中的李林燕都曾经执迷于理想爱情的守望，而当她们在多年的等待之后，终于认识到了理想爱情的虚幻本质，只能退而求其次地重新规划自己的婚恋生活。而此时的她们不仅错过了最佳婚恋年龄，成了他人眼中的异类，而且如前文所述，在情感创伤的折磨下丧失了享受恋爱的能力。她们一方面渴望像绝大多数的普通人那样过上有家庭的生活，另一方面又始终对爱情抱有一丝不切实际的幻象，因此自己的学生成为他们首选的畸形爱情对象。这不仅是因为在比自己年幼的学生身上可以最大限度地弥补自己逝去的青春，获得病态的心理满足，而且从现实层面来说，自己的学生便于操控，能够让她们轻松掌握恋爱的领导权，实现虚幻的自我认同。需要说明的是，这种畸形爱情与传统意义上的师生恋存在根本差异，传统意义上的师生恋虽然同样是畸形的，但至少或多或少带有类似正常爱情的两情相悦因素，而《松林夜宴图》中的师生恋则在传统师生恋的基础上还有上述诸多现实功利的计算与考量。即使李佳音和李林燕自己未能充分意识到这一点，但并不影响其爱情的畸形属性。

替代品终究不可能成为其替代的对象，所以畸形爱情与理想爱情之间的巨大鸿沟只能依赖自欺欺人的想象和自我麻痹的催眠来填补。《美人》和《碛口渡》中的杨敏玉和陈佩行之所以沉迷于畸形爱情之中，并不是因为她们没有清醒的认识，恰恰相反是她们太过于清醒而无法承受现实带来的精神重压。为了逃避之前失败爱情的创伤与疼痛，她们强迫自己接受眼前的畸形

① 马兵. 超克青春与主体的重建——以周嘉宁、郑小驴、魏思孝和孙频为例［J］. 扬子江文学评论，2023（3）：61–65；71.

爱情。在饱受孤独与绝望的精神折磨之后，她们清醒认识到遗忘过去的最好方式就是有选择接受现实，主动忽略和漠视追求者的功劳和企图，将这单方面美化为两情相悦的理想爱情。也正是在这个意义上，畸形爱情成为她们认为的最为明智的选择，至少保持这种畸形的恋爱关系能疗愈她们的精神。即便她们能清醒认识到，这种所谓的精神疗伤本质上是一种饮鸩止渴的行为，但在精神崩溃的催逼之下，她们已经完全无暇顾及畸形爱情的负面效应在未来何时出现和以怎样的方式出现。

《光辉岁月》中梁姗姗的畸形爱情颇为值得注意。从她个人角度来说，她的自我认同需求并不是十分强烈，也并非迫切需要理想爱情的替代品，但是她最终还是无法摆脱陷入畸形爱情的宿命。从表面来看，梁姗姗委身于陈天东是出于营救弟弟的无奈之举，但更为深层次的根源在于作为博士的她在家乡找不到实现自己价值的方式。她的观念与现实生存环境抵触，她的行为难以被旁人理解和接受。在这种外在环境的长期挤压之下，梁姗姗逐渐丧失了生活的信念，沦为感觉麻木的行尸走肉，她的生活也因此完全陷入惯性滑行的状态。畸形爱情恰恰是在这时以莫名其妙的方式鬼使神差般地出现。梁姗姗对与陈天东的畸形爱情既不主动又不反对的冷漠态度充分说明了她已经根本不在意有无爱情，更不关心爱情是否畸形，支撑她活下去的动力除了家庭责任仅剩下生命的自保本能。

如果说《光辉岁月》中的梁姗姗以逆来顺受的方式对待畸形爱情，那么《瞳中人》中的余亚静与《疼痛的探戈》中的贺明月则以持续拒绝的方式反抗畸形爱情。前者在不同类型恋爱对象的尝试中逐渐遗忘自己恋爱的初心，后者在恋爱游戏的操纵中体验病态的快感。但无论前者还是后者都摆脱不了畸形爱情的阴影。无论她们怎样挣扎与反抗，畸形爱情始终以鬼使神差的方式如影随形。颇具吊诡意味的是，理想爱情无法保持的新鲜感和满足感恰恰可以在畸形爱情中获得。余亚静和贺明月之所以陷入理想爱情与畸形爱情的抉择之中，根本原因在于她们接受不了现实婚恋生活的平淡无奇，沉迷于畸形爱情中的新鲜体验。她们的悲剧性在于她们无法以一种纯粹忘我的方式沉溺于这种新鲜猎奇的体验，相反她们在内心深处有着回归平淡生活的强烈渴望。因此，她们陷入一种否定的循环之中：拥有平凡生活之时渴望新鲜猎奇体验，沉溺于新鲜猎奇体验之中时又感到虚无与绝望。无论处于何种状态之下，抵触、厌恶和不满足感伴随始终，对她们而言，摆脱这种心境的唯一方式似乎只有开启下一轮的畸形爱情。

三、超越可能

孙频通过对畸形爱情普遍存在和难以超越的生动描摹，展开了对现代生存境遇下的婚恋观念的文化反思，"以带有思辨的文学语言，在有限的空间里，开拓出一个尽可能大的意蕴空间"[①]。孙频笔下的畸形爱情虽然以形态各异的方式通向悲剧性的结局，但共同指向了爱情是自由之境还是囚禁之地的追问。如果单纯从作品的情节来看，后者自然是毋庸置疑的答案。因为全部的畸形爱情基本上是建立在对理想爱情无法实现的错位性补偿上，而恰恰是在这种错位性的补偿过程中，理想爱情变异为畸形爱情，其性质也由甜蜜的

---

① 黄家光.时间与历史：人性深度的神话［J］.中国图书评论，2021（5）：76-82.

自由转化为痛苦的束缚。但孙频并不满足于将作品作为负面情绪的宣泄和悲剧性体验的再现，而是创造性地纠正普遍存在的对爱情的错误认知。从孙频的作品中不难发现，人们普遍性地对爱情寄托了过度的美好想象，甚至将爱情视为没有任何瑕疵的绝对完美。从这样的完美性追求出发，自然会遭遇到理想破灭的痛苦和愿望难以达成的幻灭。在孙频看来，畸形爱情之所以会出现，更多源于人们的不满足与不妥协。所谓不满足是指人们对爱情抱有不切实际的幻想，当在现实中找不到满足幻想的对象之时，宁可退而求其次地将畸形爱情作为虚幻的替代品。这种对爱情欲求不满的本身即对爱情理解的庸俗化与功利化。真正意义上的爱情是恋爱双方秉持一致价值取向的相互依赖和精神成长的彼此完成，绝非情欲的满足和空虚的填补。畸形爱情之所以能够以不同的方式层出不穷，恰恰在于人们仅关注后者却忽略前者。所谓不妥协是指现实的恋爱双方在一种不自觉的自私中拒绝付出，更不愿接受正常恋爱过程的情感磨合和彼此让步，一旦出现纠纷就单方面将责任推给对方，甚至大言不惭地站在道德制高点上对对方横加指责。需要说明的是，正常爱情中不可避免的误解与摩擦在畸形爱情中恰恰被精心地隐藏和掩盖。隐藏畸形爱情呈现出一种正常爱情不具备的诱惑性，吸引人们前仆后继地投入悲剧性的深渊。

其实，孙频在其作品中给出了超越畸形爱情的可能途径，只是没有被充分注意到。《同屋记》《白貘夜行》等作品表面上看揭示的是差异畸形爱情的共同悲剧性结局，实际上在字里行间流露出对正常平凡爱情的礼赞。上述作品的主人公都是畸形爱情的参与者和受害者。但作为畸形爱情的讲述者的"我"则与他们有着截然不同的婚恋生活。"我"是一个平凡甚至有些卑微的普通生命。婚恋生活几乎没有任何可圈可点之处，但恰恰是这种平凡才更具真实的力量。也只有在这种平凡的真实中，才能体验到真正意义上的快乐。"我"的快乐既不是物质欲望的充分满足，也不是精神需求的病态达成，而是一种心安理得的从容和怡然自得的满足。"我"不仅在平静的生活中体验到畸形爱情参与者从未有过的安全感，而且在时间的流逝中收获了畸形爱情参与者迫切渴望的自我认同。"我"在事实上实现了平凡中的伟大、平淡中的精彩和平静中的热烈。平凡之所以是伟大的，是因为平凡的生活为心灵的自由提供了基本的保障。平淡之所以是精彩的，是因为平淡的生活中始终存在着诸多令人惊异的快乐。平静之所以是热烈的，是因为平静的生活滋养了生命的活力，助力生命力量的自由绽放。相反，畸形爱情参与者普遍性地生活在自我或他人编制的虚构之中，不甘平庸的心高气傲和畸形的虚荣心驱使他们回避真实、拒绝平凡。在他们的观念认知中，似乎只有轰轰烈烈的爱情才是爱情，只有山盟海誓的表演才有意义。因此，他们看不到平淡生活中的温馨和安宁祥和的幸福。孙频通过透析"我"的爱情践行方式，向读者揭示了一条返璞归真的道路。相较于畸形爱情的自我毁灭，平凡爱情的宁静幸福似乎更符合人类的审美理想。

第二章　终极价值的理想拷问

第一节　自我救赎的转向与自我确证的探索

孙频的创作呈现出从启蒙大众到救赎自我的明确转向，这既是启蒙话语在新时代背景之下的逻辑必然，更是超越启蒙话语负面效应的积极尝试。其笔下的人物普遍能清醒地意识到践行启蒙精神必然要承受相应的绝望与孤独，但依旧以顽强的意志展开持续的抗争，表现出在绝望坚守中的勇气。她在创作中主动放弃两性二元对立的无意义强调，专注于女性自身承载生命坎坷的多维透视与精神反思，在女性普遍性的生存境遇揭示和差异性的命运选择呈现中展开女性身份自我确证的探索。

一、从启蒙大众到救赎自我

孙频在创作中呈现出从启蒙大众到救赎自我的转向。这种转向集中表现在创作中启蒙话语的黯然退场与自我拯救的持续在场。与多数"80后"创作者的创作相似，孙频的作品中不再将启蒙作为永恒的主题，不再将文学创作理所当然地视为社会责任的自觉承担，甚至流露出刻意回避启蒙话语的主观倾向。但另一方面，则最大限度地突出自我在创作中的作用，始终致力于展现自我生命的独异感受与自我心灵的微妙律动，这种在场与退场的深刻转变给读者造成强烈震撼。一些"80后"作家在商品经济浪潮冲击之下发生了价值取向的根本性裂变，他们的社会责任感部分丧失，取而代之的是自我表现欲望的过度膨胀。诚然，从"80后"创作者创作的整体倾向来看，确实难以否定上述的普遍性认知，但如果深入其创作细部，特别是从作品折射的复杂心灵体验中，则不难发现，"80后"创作者并非纯粹意义上对责任使命彻底摒弃，也并非完全沉浸于自我放纵的欲望表演中，而是相较于前辈作家，他们承载了更多的文化冲突与价值选择，面临着前所未有的矛盾纠结与进退失据，始终难以彻底安顿被时代浪潮搅动的脆弱心灵。"警策、冷峻、惕戒，还带着怨气、仇恨与忧郁，却又无往而不萦绕着伤感、凄楚与救赎的希望，就构成了她小说的独特气质。这是孙频小说迥异于其他80后写作者的优点所在"①。因此，面对"80后"创作者整体性地从启蒙大众向自我救赎转向，需要以理性平和的心态与开放包容的胸怀客观认知，并在此基础上对其中所潜藏的复杂性问题逐步厘清。

首先，"80后"创作者对启蒙话语的回避需要放在时代的整体背景中加以审视。相较于前辈作家，他们所生活的时代发生了根本性的变化，生活于这个时代的大众在观念认知方面自然也随之发生变化，而以先前固有的审美惯性评判已发生重大变革的当前创作本身自然是有失公允的。文学的价值在于以形象的方式把握时代脉搏，而当前时代的最大变化莫过于启蒙不再是亟待弘扬的思想资源，相反随着启蒙的持续深入，启蒙话语已经成为当前大众的某种集体无意识。自由、平等、博爱、民主、科学等观念在今日已经成为

---

① 谢尚发.偏执者的精神列传——孙频小说论［J］.南方文坛，2018（1）：121-125.

社会性的普遍共识，虽然其真实内涵与意义指向普通人依旧难以清晰阐释，但至少每个人都有自己的见解，都出自本能地予以认同，并始终不加反思地认为自己具有启蒙观念所赋予的相关权利。而在这一时代背景之下，单方面在思想主题方面继承前辈作家对启蒙的弘扬已不再具有意义，更为迫切的创作任务是如何借助形象的塑造与情节的设置将时代的全新主题加以概括，并在此基础上全方位透析每一个独异的心灵在新的时代浪潮中是如何在随波逐流与自我坚守中艰难挣扎突围的。

　　"80后"创作者，既面临着稍纵即逝、难以有效把握的动态现实，又承受着历史惯性展开的沉重压力，既难以重现启蒙理性的原始乐观，更难以超越虚幻现实引发的持续迷惘。一方面，他们从生命的本能出发难以拒绝感官刺激的强烈诱惑，另一方面从理性的认知出发，迫切渴望道德救赎。前者以其强劲的力量裹挟着人们以透支生命的方式娱乐人生，后者以灵魂审判的沉重拷问着人们尚未彻底麻木的精神；前者在永无止境的欲望刺激中醉生梦死，不断提升其欺骗性与诱惑性，后者在无以复加的痛心疾首中持续裂变，反复折磨着早已满目疮痍的心灵。《锦瑟无端》中的李亚如始终挣扎在艺术自由与感官放纵的矛盾纠结之中。一方面痴迷于音乐对灵魂的净化，真诚地希望通过演奏能力的提升带动生命境界的跃迁；另一方面她又难以抵御世俗欲望的诱惑，从而陷入持续的自我批判之中。《疼痛的探戈》中的贺明月则在悲剧性宿命的挣扎与反抗中亲手制造畸形的虐恋。从青春少女固有的生命本能出发，她渴望理想的爱情，迫切希望自己能够得到恋人的呵护。但饱受精神压抑的成长历程使她在现实生活中难以像正常人那样追求平等的恋情，相反在病态心理补偿的执迷中陷入爱情欺骗游戏。因此，如何实现二者真正意义的弥合成为"80后"创作者难以绕过的险滩。为了使其作品不陷入其中任何一种极端的窠臼，他们一致性地选择以现场感的极致呈现作为应对手段。在他们看来，社会的剧变引发固有观念的全面崩溃和理想的彻底失落，丧失统一性认知的人们自然难以承受幻灭感的如影随形，只有将这一新的感性体验有效捕捉，才能真正把握时代的特征，也才能将自身难以言说的复杂体验真切呈现。因此，与经典的现实主义不同，孙频的现实感更具亲历感与主观性，只是这种亲历感和主观性不是纯粹的个体性的，而是以个体性的普遍存在揭示辩证地实现集体性的客观概括。感官欲望刺激与满足的极端体验虽然极具个体性，但这种个体性经验产生的前提是人的相似性生理构造，对欲望体验的差异描述不过是对相似感受的不同表述。道德救赎渴望的灵魂撕裂虽然人云亦云，但本质上依旧是共同文化认知观念影响下的相似羞愧体验。因此，孙频借助这种特殊的现实感呈现方式有效实现对差异体验的传神概括。李亚如并非只是陷入文化困境中的普通一员，她的特殊之处在于对音乐的虔诚皈依难以帮助她彻底摆脱世俗的羁绊，相反加剧了压抑与束缚，使她义无反顾地主动选择自我堕落。贺明月自导自演的爱情欺骗游戏也绝非纯粹为了猎奇心理的病态满足，创伤性的成长经历赋予她的独特观念认知迫使她只能以这种极端的方式反抗，除此之外别无他法。

与时髦的现代主义不同，孙频的现实感不是借助怪异夸张的渲染隐喻某种对现实的批判，而是在对现实本身的深度重现中完成当前动态现实的传神写照。当前的现实之所以带有强烈的虚幻感，一方面自然源于现实本身的裂变与多元使人们难以凭借先前固有的认知方式将其把握，另一方面更为重要的问题是人们尚未清醒认识审视现实的眼光与评判现实标准的变化，而这一点又被当前绝大多数人所忽略。当前现实之所以难以把握，除了其本身的动态与多元，更源于审视现实的主体对现实本身有着固执的主体性强制，即始终坚信现实必然是可以被理性认知的。而问题恰恰在于理性认知本身是有局限的，人们在既往现实中充分把握惯性思维的支配之下，理所当然地认为当前现实也是可以轻松把握的。这种主体性的狂妄不仅直接导致对现实的非前提性反思，而且直接催生了在现实失控时的颓废与自卑。如果说《海棠之夜》中的李心藤是在极端暴力场景的窥视中满足病态欲望的宣泄，那么《青铜之身》中的左明珠则是以自虐的方式控诉村民对家人的不公正待遇。孙频以其敏锐的眼光捕捉到人类当前所处的现实困境，并借助形象化的演绎深刻揭示了人与动态现实的双向互动关系。孙频充分意识到，对当前现实的展望不能仅仅依靠传统的表现方式，而是应该立足于现实本身的逻辑。当前的现实不是纯粹脱离主观的现实，而是应该在主客交互作用之下创生的现实，对现实的描摹不能再完全借助于语言的陈述，而是需要在具备群体性特征的个体性真实体验的营造中展开与动态现实的积极对话。孙频在创作中将个体性的极端感受作为探秘虚幻现实的绝密通道，并努力试图将这种极端感受嵌入群体性可理解的认知范畴之中。颇具悲剧性的是，孙频清醒地认识到这种努力的徒劳，但始终没有放弃。原因只有一个，对当前现实的揭示只有这一条唯一的道路，即便这条道路终将失败，而孙频这种明知不可为而为之的勇气与毅力恰恰是对其创作丧失社会责任感批评的最佳回应。

其次，孙频创作中所面临的更为严峻的挑战是难以在肯定启蒙与否定启蒙的深层次对抗中求得平衡。从知识分子的本能立场出发，即便启蒙话语在多重质疑中不断式微，孙频依旧对启蒙话语有着天然的认同，始终难以彻底放弃启蒙的基本精神追求，但从真切的生命体验出发，孙频又不得不承认启蒙话语中确实存在一定程度的强制与自我否定的维度。因此，贯穿孙频创作始终的是试图通过某种中介的建立，实现肯定启蒙与否定启蒙二者之间分裂的弥合，希望能够在规避可能存在的启蒙负面作用的前提下践行启蒙话语的价值追求。但可想而知的是这一目标的实现面临异乎寻常的艰难：肯定启蒙与否定启蒙不仅是表层的矛盾，更是内在的根本对立。人类在杂乱无章的世界中借助理性完成自由的实现，但过分依赖理性却直接导致人类被彻底操纵，为了追求自由而丧失自由似乎成为每个现代人被迫接受的生存现实。孙频的独到之处在于她并没有仅仅局限于对这一普遍性生存困境的控诉，也没有片面地夸大人类在意义缺失危机中的迷惘，而是在立足现实的基础上探究人类是否可以借助审美的力量将想象的自由转化为自由的想象。单纯描摹现实的生存困境只能停留于想象的自由之中，即将自由人为地设定在永远无法实现的彼岸，只能徒增自由缺失的忧郁与烦恼。而如果跳出固有的思维框架，将现实的困境作为原初的起点，则任何一种对现实的偏离都是对生存困境的否定与超越，也意味着自由的实现。在这个意义上，自由的实现不再是一种实体意义上的达成，而是在人的现实生存中的不断突破、超越与创生。理解孙频创作的核心路径正在于此。虽然她的作品中弥漫着令人窒息的压抑感，但始终存在着对当前现实的强烈否定。即便是她自己也难以确定这种否定本身是否具有意义，能否实现真正意义上的救赎，但是这种否定本身即象征着自由，象征着对启蒙认同困境的超越。人只有在不断地否定中才能收获新的希望，也只有借助于持续的否定才能实现真正意义的发展。同时需要指出的是，这种否定并不只是孙频的主观设定，也不是其笔下人物的特殊精神，而是孙频立足生活现实的形象升华。她笔下的人物虽然都存在着某种极端的怪异性，但从读者接受的角度来看却不存在丝毫的陌生感与抵触感。《一万种黎明》中的张银枝、《异香》中的卫瑜、《无极之痛》中的储南红、《自由故》中的吕明月都存在或多或少的精神偏执，都不满足于外在现实对内在精神的逼迫，始终以特立独行的方式进行着甚至连自己都无法完全理解的反抗。究其原因，则在于她们身上所彰显的怪异性是每个人都具有的，同时又是每个人所向往的。正是出于各种现实考量，多数人被迫以社会理性需要的方式伪装表演，所以敢于否定现实的勇士反倒成为少数人。但多数人至少在内心深处是倾向于此的。孙频以慧眼捕捉到这一被人忽略的现实，并以极致性的夸张描写引起读者的注意，在这种文化困境自觉面对的反抗中，既可以看到启蒙理想的精神复苏，又可以体验到超越启蒙悖论的艰难进程。

最后，自我救赎更为迫切的客观现实决定了孙频的创作从启蒙大众向自我救赎的转向。具体来说，启蒙话语的自身逻辑进展本身预设了其自我救赎的维度。无论从目标来说还是从属性上看，启蒙话语本身并不完全拒绝自我救赎，而且没有自我救赎的启蒙本身是残缺的。作为对启蒙话语有着更为深刻理解的作家，孙频充分地意识到单纯在思想主题层面重复前辈作家已无任何意义，只有在新的时代背景之下沿着启蒙话语本应具有的逻辑持续深入才是其创作的真正方向。因此，并非出于对启蒙话语丧失信心，更不是为了博人眼球的标新立异，"80后"创作者对自我救赎的强调恰恰正是在新时代背景之下对启蒙话语的积极回应，只不过他们没有局限于对启蒙话语的僵化理解，而是在对其逻辑展开的深入思考中完成现实推进。《万兽之夜》中对恐惧感的细腻描摹，《抚摸》中对童年创伤记忆挥之不去的深入呈现，《碛口渡》中对理想无能为力的哀婉叹息，共同揭示了自我实现过程中所面临的精神困境，这种困境不仅仅是外界的压迫，更是内在心灵的自我束缚。尤为难能可贵的是，孙频没有被逻辑本身所局限，她对启蒙话语的现实推进是完全立足于时代的真切体验。从孙频作品中既可以颇为清晰地看到启蒙话语自身展开的内在逻辑方向，同时又可以切身体会到个体生命与逻辑必然展开之间的冲突与碰撞，特别是在对这种冲突与碰撞的生动揭示中，孙频以强有力的客观现实宣告自我救赎转向的合理性与合法性。自我救赎既是启蒙话语在新时代背景之下的逻辑必然，也是超越启蒙话语负面效应的积极尝试。孙频在创作中颇具现实针对性地揭示了现代人所欠缺的并不是自由的选择，相反恰恰是自由选择的过剩导致了进退失据与彷徨踟蹰。现代人真正需要的是如何在不迷失的前提下享受自由。现代人面临的不是自我意识丧失的愚昧，而是如何超越自我身份认同的强烈危机。因此，从这个意义上说，救赎自我自然成为"80后"创作者创作的核心主题。只有自我从根本上获得救赎，启蒙的果实才能不被窃取，也只有自我实现真正意义上的解放，启蒙的理想才能彻底完成。

二、绝望坚守与坚守绝望

孙频对启蒙话语继承的独异表现是在对绝望坚守的揭示中坚守绝望。所谓绝望坚守是指对启蒙精神实质的坚守过程是异常痛苦的，同时这种痛苦又因不被众人理解而更加令人绝望，要想真正意义上践行启蒙理性，就必然要相应承受其所引发的精神重压。这种内在的必然在鲁迅的创作中就已经充分流露。魏连殳、吕纬甫的苦闷与绝望与其说是外在现实困境的逼迫，不如说是自我内在的精神危机爆发。他们之所以绝望，一方面是因为无法承受启蒙理性观照之下改造现实的力不从心，另一方面更源于难以坚守启蒙理性的自我痛恨与愧疚，他们不能容忍启蒙没有获得大众的理解、接受和认同，大众对启蒙精神的误解与排斥进一步加剧了启蒙知识分子的绝望与虚无体验。孙频自觉地继承了上述精神资源，并在此基础上进一步开拓绝望的深度与广度。在孙频笔下，知识分子的绝望不仅源于现实启蒙话语的式微，更源于绝望体验在裂变中被无限放大。具体来说，绝望本身预设了微弱的希望，如果希望彻底破灭也就无所谓绝望。孙频在创作中将绝望中的希望压缩至无限趋于零——她将希望的所有可能以枚举的方式全部呈现，并借助人物形象的人生际遇揭示所有可能的结果都完全偏离启蒙原初的设计，也就是将所有可能的结果都导向悲观性的结局，当所有的希望可能最终被证明不过是某种虚妄之后，绝望则在不知不觉中以裂变的方式被无限放大。《松林夜宴图》中的李佳音即便在物质和精神的双重挤压之下依旧对艺术保存着倔强的希望，虽然在残酷的现实面前她被迫不断作出妥协与让步，但始终有所坚守与秉持，而当她获悉昔日的精神导师的艺术理想早已破灭，特别是在目睹他生命的突然终结之后，李佳音的精神崩溃。精神导师惨遭横祸的事实并非压倒骆驼的最后一根稻草，真正导致其精神崩溃的是终其一生守护的信念支柱的轰然倒塌。在这里，孙频"着力透视出艺术与世俗、理想与现实的裂罅以及特殊环境下人性的变异"①，通过将原本就异常渺茫的希望也残酷熄灭，从而将践行启蒙中的绝望推向极致。然而孙频并没有满足于此，她还要将绝望中的孤独体验持续深化。处于绝望中的人自然孤独，但孙频的独异之处在于她捕捉到了身体力行启蒙精神而陷入绝望的知识分子孤独体验的独异性，即这种孤独体验是以自我怀疑和自我否定为特征的。普通的绝望多数是对世界丧失了信心，而非对自己丧失信心，甚至正是基于对自己的过于自信才引发理想无法实现的绝望。而孙频所着力揭示的却是自我怀疑下的孤独与绝望。李佳音之所以难以实现灵魂的真正安顿，是因为她始终不愿与外部现实达成和解，对理想爱情的憧憬和对艺术"化境"的执迷逼迫她主动地与外部世界保持对抗，因为只有在对抗中，才能实现自我的不断创生，才能暂时缓解内心的躁动不安。但残酷的现实却是，无论她以怎样的先锋姿态践行她的精神追求，无论她以怎样的自我麻痹方式抵抗内心的孤寂，伴随始终的只有她自我怀疑的持续加剧和绝望虚无的沉重笼罩。换句话说，这种孤独与绝望是知识分子自我创造的，并且他们能够充分地认识到自己所遭遇孤独的制造者是自己而非他人。也正是源于此，这种孤独与绝望更具悲剧性，也更令知识分子产生

---

① 余凡. 艺术朝圣者之歌——评孙频《松林夜宴图》[J]. 东吴学术，2018（4）：140–147.

难以超越的虚无与幻灭感。

　　所谓坚守绝望是指孙频笔下的知识分子从清醒意识到践行启蒙必然要相应地承受绝望与孤独，但依旧以顽强的意志展开持续的抗争。如果说绝望坚守是被动的，那么坚守绝望则是主动的。虽然他们明知结果是绝望和虚无，但他们终究不愿放弃对启蒙话语的秉持，即便在逻辑上和事实上都已经被反复证明，他们也始终坚定信仰启蒙的价值。在他们的观念中，坚守的意义远远大于放弃的解脱。因为只有在坚守中，他们才是理想的自我，否则就只能被同化。虽然坚守这种理想的自我需要付出承受绝望与虚无的代价，甚至还有可能在绝望的催逼之下精神失常，但是他们依旧从自己的价值取向出发作出这一艰难的抉择。《光辉岁月》中高学历的梁珊珊拒绝世俗的评判标准，毅然决然地回到家乡投身基础教育工作，即便自己的追求被外界质疑，她依旧听从内心的声音来对抗格格不入的外部世界。《抚摸》中张子屏在不对等的畸形恋爱中始终捍卫女性的人格独立，即便她清醒地认识到自己的精神追求在男友的观念中是那样的微不足道，自己的理想追求在他人的评判中是那样的不值一提，但是她始终没有放弃，因为只有在这种对绝望的坚守中，作为独立女性的张子屏才能不依赖任何外在条件而存在。《白貘夜行》中的康西琳在人生轨迹的多次变化之后依旧能够不忘初心，始终以童真般的视角看待世界，区别于其他室友在生活重压的打磨之下逐渐失去生命的热度，康西琳始终没有被世俗的尘埃所吞噬，反而以精神的纯朴照亮了自己和外部世界。她们清醒地认识到这种坚守本身只对她们自己构成意义，对他人来说要么不理解，要么不支持，但是她们始终不愿面对理想衰退后的精神空虚。在她们看来，坚守绝望虽然异常艰辛，但如果将这最后唯一的坚守也放弃，那么才是彻底的虚无。她们异常清醒地知道，心灵一旦彻底虚无，任何意义的东西都将随之消逝，生活的热度也将彻底冷却，再无复苏的可能。因此，她们毅然决然地选择坚守绝望，这种坚守，已经不再是个人的，而是在替人类守护所剩无几的精神财富。也正是源于此，她们是真正意义上的悲剧英雄，而且需要特别指出的是，她们这类悲剧英雄不带有丝毫的表演性质，甚至她们自己也不是观众。她们的坚守完全出于内心的执着，既不需要他人的积极喝彩，也不需要自我的精神慰藉。

三、新女性主义

孙频的创作从整体上呈现出一种新女性主义的强烈倾向，这种新女性主义倾向的"新"首先表现在对男性视域的彻底抽离。"作品通过重新理解女性的城市境遇、书写浪漫女性的成熟过程，尝试使'新女性写作'实现'歧路复返'与'自我引渡'……'自我引渡'意味着女性文学角色不再期待男性拯救者，而是在艰难的'涉渡'中实现自我肯定并完成自我教育。"[1]孙频在创作中竭尽所能地排除男性视域，致力于将所有被男性施加的影响全面祛除，特别是那些长期在男权话语的渗透之下，女性自己从未意识到和难以自觉的习惯性认知。为了使女性在真正意义上获得独立性，孙频作品中的理想女性形象既对男性想象中建构的女性保持高度警惕，又坚决拒绝成为男

---

① 罗雅琳. 歧路复返与自我引渡——读《十月》"新女性写作专辑"［J］. 中国现代文学研究丛刊，2020（7）：58—70.

性普遍渴望的需求对象。孙频充分意识到，女性的独立自主不仅仅在于摆脱经济层面的人身依附，更在于自我意识支配下的自我认知与自我规范。孙频敏锐地捕捉到，随着社会的进步和教育的普及，显性方式的女性压迫几乎完全消失，现代社会也绝对不允许任何歧视女性的观念存在，但这并不意味着女性实现了彻底的解放，相反诸多对女性的制约以女性主动接受的隐形方式存在，女性要实现真正意义上的解放至少需要将这一隐形方式的制约完全消灭。这一问题的复杂性在于，女性独立自主的表现只能借助于对象化的方式，而在这一对象化的过程中又难以摆脱男性因素的参与，而一旦有男性因素参与，就必然对女性施加影响，甚至主导女性追求独立的全部过程。"一方面，她要求我们借由社会批判建立一个护持人性的道德世界，另一方面，其飞扬着血泪的文字唤起的却总是对司法和秩序的大胆僭越。"①孙频在《醉长安》中对这一问题展开多层次的深入反思。作为有着强烈女性主体意识的孟青提从未放弃对理想爱情的执着追求，但在她屡次义无反顾地为爱情牺牲又遍体鳞伤之后，依旧没有意识到问题的根源恰恰在于她对爱情的过度依赖，或者更为确切的说法是她的爱情观本身存在缺陷。对爱情的执着自然无可厚非，但不可或缺的前提是爱情双方的平等关系，主人公倾尽所有依旧无法获得理想的爱情，根本原因在于她始终自发地将自己视为恋人的附属品，本能地仰视恋人，甚至不惜承受肉体与精神的双重折磨和世俗道德观念的持续谴责，她自始至终都是以一种假象的方式自我规训，借助自我的压抑赢得

---

① 吴天舟，金理. 通向天国的阶梯——孙频论 [J]. 扬子江评论，2016（1）：72-79.

恋人的青睐，却从未从自己的真实处境考虑这种选择与付出的正确与否，更完全意识不到恋人从未以平等的方式对待她。她唯一能做的就是不断迁就对方，单方面寄希望于对方被自己的持续牺牲所感动，然而等待她的也只会是一次次的受伤和失望。"爱的价值在这个时代被大大低估，人们习惯了在写作中讨论狭义的爱情、情欲与各色各样的性，却鲜少有人严肃地追问过爱。"①孙频的深刻之处在于，她并没有以女权主义的姿态对男权展开概念化的批判，而是立足现实对女性难以获得真正意义上的独立进行文化学的反思。孙频清醒地认识到，通过批判男权来彰显女性独立价值的方式本身存在预设前提的悖论，既然女性的独立是自发的，那么就没有必要借助对男权的批判来实现，批判男权的行为本身即暴露了女性独立观念对男权的依附性关系。因此，孙频更加注重从文化观念，特别是文化传统的影响维度展开女性身份的文化反思。在孙频看来，在中国传统文化观念的深远影响之下，传统女性对男性的依附已经不仅是借助强权的外在性压迫，更随着家族血缘的凝聚演化为先验性的伦理。后者在现代社会对女性独立的限制作用更为强大。现代女性可以摆脱经济的制约，但却难以超越情感的纠缠，家庭血缘关系以强大的力量影响并支配着每一名女性的现实选择，她们可以拒绝物质利益的诱惑，但却无法抗拒情感的本能。当家庭需要她们做出牺牲，无须任何外在强制，她们便会主动地在情感的驱动下放弃自我的独立。《半面妆》以姐姐出卖肉体换取弟弟仕途通达这一异常冷酷的事实向读者揭示女性独立的道路

---

① 刘欣玥. 痛与爱的共同体——关于"新伤痕文学"的断想［J］. 当代文坛，2018（2）：139–144.

并非像理论建构那样可以一蹴而就，现实当中有太多理论未曾涉及但却真实发挥重要影响作用的存在，经济独立与人格独立之间的距离在现实层面始终难以消除。

意识到上述问题之后，孙频对女性主义的思考回归到问题的起点，即要确定女性的独异价值与独特属性，前提需要对人的概念有一个必要的理性认知。女性首先是人，然后才是女人，单方面强调女性的独异性，既不可能，也无必要，部分激进的女权主义者之所以最终走向自我消解的反面，甚至丧失最起码的可接受性，一个重要原因在于她们自觉不自觉地将女性的概念凌驾于人的概念之上，漠视人性的共同基础，忽略性别之间的对话可能产生的极端观念并不能从根本上给予女性理想的身份确证。孙频对此有着明确的自觉。因此，她在创作中主动放弃两性二元对立的无意义强调，专注于女性自身承载生命坎坷的多维透视与精神反思。在女性普遍性的生存境遇揭示和差异性的命运选择呈现中展开女性身份自我确证的探索。《同屋记》《白貉夜行》《玻璃唇》等作品有着极为相似的空间场域：观念不同、性格各异的女性聚集在同一空间，演绎出几段迥异的人生画卷。孙频所关注的不是不同选择导致的命运差异，而是女性无论做出何种选择都会不可避免地遭遇精神创伤，都无法逃避理想与现实之间的巨大落差，即便她们各自代表不同的尝试，体验不同的人生，但似乎都不是理想的，都有着这样那样的遗憾与缺陷，而如果追问能够令她们满意的人生图景究竟是怎样的，她们又无法给出清晰的回答。换句话说，孙频借助作品揭示出女性共同性的精神痼疾：对现实的不满与理想的虚空。因为对现实不满，所以将希望单方面寄托于虚幻的想象，因为理想本身的空洞，所以对现实造成持续性的颠覆。《松林夜宴图》可以被视为女性自我身份艰难建构历程的最佳写照。李佳音在艺术追求和爱情渴望的双重刺激下始终难以与现实达成和解，为了摆脱这种持续性的焦虑，她只能一再改变自己人生的方向，反复进行艰难的自我超越。但颇具悲剧意味的是，主人公的结局并非在不断地尝试中实现生生不息的自我创生，相反是在持续的失败催逼下走向不可挽回的精神分裂。孙频并非想以悲剧性的结局预言女性自我身份建构的注定失败，她只是想在笔下人物自身的生命轨迹展开中揭示女性获取独立精神的艰难，以坚硬的现实回应女性虚幻的非现实想象，将女性独立的问题由虚无缥缈的修辞争议拉回到真实可感的现实人生。有学者指出："《松林夜宴图》中的故事，显然已经超出了孙频个人的经验世界，她通过介入历史的方式——这个历史也显然不是她所经历和熟悉的历史——试图构建出个人与历史、与时代、与世界之间的一种错综复杂的生命面相。"[①]

《隐形的女人》打破世俗伦理的羁绊，从两性家庭的天然缺失角度反思现代婚姻中女性难以超越的身份困境。女性既要在爱情中扮演温柔体贴的角色，又要在婚姻中扮演贤妻良母的角色，但这两种角色又都与现代女性所追求的独立自主形成难以超越的抵牾。然而这并非最为难以调和的矛盾，最令现代女性感到困惑的是无法在情感的自私性与婚姻的公共性之间求得平衡，更难以有效兼容感性需求与理性规约之间的二律背反。孙频以女性特有的敏感与细腻揭示出女性在处理自我与他者、欲望与意志、情绪与情感多重矛盾

① 韩松刚.孙频小说论［J］.上海文化，2019（7）：31-37.

时的艰难纠结，将真实存在却又不易被人察觉的心理模糊地带生动呈现。从这个意义上说，孙频的创作有效实现了对传统女性题材文学的积极开拓，这既是宏观时代精神的自觉把握，也是微观生命体验的深刻洞察。尤为可贵的是，孙频一反女性主义对男性固有的敌视与偏见，转而以一种可对话性的开放包容探索女性新的理想生存可能。作为为数不多敢于大胆承认女性局限的作家，孙频始终直面女性在现实生存境遇中的短板与不足，在女性自身欠缺的持续性反思中尝试建构女性解放的可能途径。孙频明确地意识到，单方面悬置女性客观现实层面的缺陷对女性生存境遇的改善与精神困境的超越无任何意义，就女性自由解放的问题而言，一味地批判与情绪宣泄除了赚取廉价的同情别无意义，只有充分正视女性固有的独异性特征，准确把握女性复杂微妙的情感波动，才能真正实现女性的独立自主，也只有在对男性特征理性认知的前提之下，才能彻底探索理想的两性和谐关系。

　　《瞳中人》和《疼痛的探戈》可谓是男女两性相互尝试体验的样本展示。男女主人公以各自的方式找寻理想中的爱情，然而在频繁更换伴侣后，他们突然意识到一个棘手的问题：并不是伴侣的不完美导致某段情感的无果而终，恰恰是自己的不完美，或者更为确切的说法是自己达不到自己所理想的标准而引发情感的变质。发生在女主人会身上的情感悲剧竟然源于她自身而非任何外在因素，那么女性借助于不断自我完善是否可以实现悲剧性的超越呢？答案自然是否定的。因为这种自我完善是没有止境的，它只能作为某个理想彼岸存在反衬出当前的非完美性，但在现实层面是无论如何也无法完全实现的。一些现代女性悲剧的一个重要导火索恰恰是女性自我不满的过度催逼以及由此引发的心态失衡与精神崩溃，她们一方面过度渴望在不断的自我完善中守望理想中的幸福，但另一方面又极力回避理想无法实现的客观现实；一方面陷入不遗余力的自我反抗中不能自拔，另一方面又笼罩在无限绝望的彻底虚无中难以超越。孙频将这一现实问题充分揭示并借助生存境遇的不断突破与思维边界的持续扩展找寻破解现代女性生存困境的终极救赎之道，相较于单方面为女性权利代言的无意义呐喊，孙频的思辨反思更具指导意义与文化价值。

第二节　怀疑的执迷限度与循环悖论

孙频的创作中深刻触及对怀疑的哲理性反思，通过笔下人物对怀疑无以复加的执迷的揭示，透析现代人普遍承受的安全感缺失和自我确证危机；借助怀疑作为难以超越循环的深刻呈现，触及某些人无法获得终极救赎的悲凉现实；并在对怀疑自我否定的悖论考辨中演绎某些人精神裂变的深层机理与残酷真相。

一、无以复加的执迷

孙频笔下的主人公普遍对怀疑有着某种极端的非理性执迷，他们不仅对现实生活本身缺乏起码的认同，而且对人类共同性的情感也丧失必要的信心，怀疑似乎成为唯一可以相信的对象，只有在怀疑中他们才能获得短暂的喘息，否则会陷入难以自拔的精神危机。因此，他们对怀疑的执迷达到无以复加的地步，生命只能在持续的怀疑中艰难前行。究其原因，安全感的匮乏、自我认同的危机与对世俗诱惑的畸形反抗是构成他们对怀疑执迷的内在动因。

首先，孙频在创作中经常将视点聚焦于苦难的底层，他们普遍性地挣扎在温饱线边缘，从未彻底摆脱贫困的阴影。一方面是生命重压导致的对生存现状的自觉否定，另一方面在饱受摧残的血的教训面前，他们本能地对一切保持高度警惕，唯恐悲惨境遇的持续加剧。因此，在生存的重压面前，当他们连自己都无法相信之时，他们唯一可以凭借的只剩下了怀疑。在《乩身》中，临终前的爷爷为先天失明的阿勇设定了未来安身立命的可悲方式：算命。但残酷的现实却是阿勇不仅难以凭借算命维系生存，相反始终处于欺凌与欺骗之中。当在垃圾堆捡拾食物成为常态，当遭受世人冷嘲热讽成为每日的"例行公事"，特别是当她在懵懵懂懂之中被强奸怀孕乃至险些丧命之后，她对世间的一切都丧失了起码的信任。她不再相信爷爷竭尽所能为其筹划的生活，不再相信人世间固有的良善，她甚至对自己的生命本身产生极度的怀疑。因此，阿勇成为城市中的游魂，不仅非男非女，而且非人非鬼，以完全异质性的方式游荡，人们只有在扶乩仪式中才会想起她。当她以自残的方式满足看客的畸形心理需求之时，她自己也对这种自残的疼痛开始怀疑。在这里，怀疑不仅是肉体麻痹的方式，更是翻转现实的精神力量。当阿勇表演铁管穿腮之时，借助怀疑，她完成从表演者到看客的身份转换。从表面上看，是她在为看客表演，而在她怀疑的映照之下，营造出看客为阿勇一个人表演的虚幻场景。正如有学者指出："孙频小说中的苦难不仅让我们震撼，面对苦难的反抗，乃至于那种'置之死地而后生'的决绝，也让我们看到了一种顽强的自我救赎的力量。"①无独有偶，《绣楼里的女人》中的贺红雨终其一生挣扎在怀疑的旋涡之中。她清醒地意识到正是自己的怀疑引发了一幕

---

① 张涛.“只有通过苦难才可能真正去爱”？——论孙频的小说［J］.当代作家评论，2018（3）：195-199.

幕的家庭悲剧，但她却难以终止怀疑的脚步，怀疑已经彻底侵入她的骨髓，只要她活着，她就不可能不怀疑。而最初在她的灵魂中种下怀疑种子的正是她那饱受虐待的童年。在后母的虐待下，贺红雨从未有过丝毫的安全感，生命时刻处于刺痛的压迫与摧残中，而这一旦成为常态，起码的信任不复存在自然不再难以理解。孙频的深刻之处在于将这种极端的怀疑赋予现实可理解的惯性，当贺红雨终于得偿所愿嫁人远离后母之后，安全感的缺乏本应该随之解除，但是她却一如既往地延续本能的怀疑，怀疑成为她生命中难以抹去的梦魇。苦难催生了怀疑，怀疑进一步加剧着苦难，苦难与怀疑交织直至她生命的终结，甚至在她去世之后，她怀疑的基因已经以或隐或显的方式影响着她的子孙后代。作品结尾处那个幽灵般的老人隐喻着怀疑的苦果依旧没有被彻底清除，即便物是人非，毒素般的怀疑依旧到处游荡，找寻着每一个"借尸还魂"的可能。

其次，自我认同的持续危机也是孙频笔下人物对怀疑执迷的重要原因。现代社会一方面以商品多元化的方式最大限度地刺激人们的个性化追求，另一方面源于社会化大生产的趋同化导致个体被迫让渡自己的个性使其适应社会的要求，形成"以角色分配和专门化为根本基础组织起来的社会结构和关注自我和'整个'人之提高和完成的文化之间的紧张关系"[①]。因此，她笔下的现代人普遍承载着难以超越的精神危机：既因张扬自我的欲望冲动焦灼，同时又不得不为了生存放弃自我，而一些挣扎在社会底层的人们则面临

---

① [美] 丹尼尔·贝尔.资本主义的文化矛盾 [M].严蓓雯，译.南京：江苏人民出版社，2007：12.

着更为严峻的自我认同危机。他们不仅难以在现实困境的改善中获得自我满足，更无法在他人的充分认可中实现自我确证。在愈演愈烈的自我认同的催逼之下，他们唯一可以凭借的就只剩下了怀疑。当现实和他者都漠视他们的存在，唯一可以证明他们真实存在的就是他们对一切的怀疑。因此，怀疑成为孙频笔下众多人物对抗自我认同危机的法宝，他们在怀疑中拒绝现实、憧憬未来，并在怀疑中守望那个理想中的自我。这一点在《鲛在水中央》中体现得尤为凸显。作为潜逃凶杀犯的梁海涛本应竭尽所能地把自己伪装成不易被旁人察觉的普通人，但现实却是他不仅时时穿着与身份完全不符的西装，而且居然多次到死者家中借阅古籍。他本人也充分意识到他这种行为的危险性，但是他从心底难以压抑这种选择的冲动。究其原因，是他对自己作为底层身份属性的本能排斥，他只有在对现实自我的怀疑中才能抵御发自心底的卑怯，也只有在西装和读书的装饰之下才能支撑着他的怀疑。在西装的外在掩饰之下，底层身份属性被他自欺欺人地暂时忘却。在读书的心灵净化之中，曾经的罪恶被觉醒的良知所取代。梁海涛多次回到被害者尸骸边的行为既是渴望删除过去记忆、摆脱内心谴责的真切表达，又是对不可挽回过失的自我提醒。也正是在这个意义上，怀疑成为他唯一的救命稻草，只有在怀疑中，现实才不至于沉重，也只有在怀疑中，外部的压迫才能不再对其构成威胁。虽然这种怀疑本身有着毋庸置疑的自欺性，但至少在虚幻的场景搭建中能使人暂时忘却持续的自我认同危机。

最后，怀疑同时又是抵御世俗诱惑的畸形反抗，这一点集中体现在孙频笔下的众多女性人物身上。她们普遍对自己的生存现状感到强烈不满，迫切地渴望摆脱现实的卑微处境，但是出于自身能力等多种因素的制约，她们既对改变现实力不从心，同时又对虚幻的理想生活有着无以复加的渴望与执迷。因此，她们既不能彻底抚平现实生活压迫所导致的内心动荡，又难以拒绝理想生活的欺骗性与诱惑性，既不能从现实出发踏实地直面生活，又难以割舍自命不凡的过分奢求。

《光辉岁月》中的梁珊珊一方面对物欲横流的现实嗤之以鼻，但另一方面又难以摆脱来自家庭的羁绊而被迫经常作出妥协。作为受过高等教育的知识分子，她在物质满足之外有着更多的精神需求，迫切希望把自己认为有价值的知识传授给学生，但应试教育的"指挥棒"没有给她留下任何施展才能的空间，甚至被同事和学生所敌视。而当哥哥身陷囹圄之后，她又不得不以自己最为不齿的方式换取哥哥的获释。所有这些让梁珊珊充分认识到，她最为珍视的理想人格在现实的困境面前是那样的不堪一击，而在理想人格丧失之后除了怀疑她别无选择。《掮客》中的于小敏在被公司开除后与同病相怜的四个男同事一起通过放纵欲望的方式宣泄绝望情绪，而她发现作为其中唯一女性的自己居然在欲望的放纵中都难以实现与男人平等。这一残酷事实使她清醒地认识到，即便漠视外在道德标准，女性依旧需要承受相较于男人更多的束缚与压迫。在《同屋记》中，读者借助全知全能的上帝视角可以很容易地发现，张柳、梁惠敏和袁小玉三人虽然性格各异，但在理想人生轨迹的坚守过程中最终无一例外地被迫选择妥协。她们普遍性地存在常人难以理解和接受的神经质，这进一步加剧了她们与旁人的隔膜，而面对这种隔膜，她们除了守望自己的虚幻想象别无他途。但需要指出的是，当面对少数旧日同伴在现实中彻底改变自己的身份属性，真正将理想变为现实时，她们一方面本能地难以抑制地嫉妒和羡慕，但另一方面又只能停留在羡慕和嫉妒中，不会采取任何行动，即便是刻意的模仿，她们也仅仅是停留于想象和言说层面，绝对不会付诸实践。究其原因，自然也是怀疑使然。这种怀疑包含三个层面的内涵。第一，她们怀疑自己的现实生存，盲目相信自己的不幸仅仅源于时运不济，随着时间的推移任何不幸都会转化为确幸，否极自然会泰来。第二，当她们经历长期的生活重压之后，怀疑的对象发生变化，从对自己现状的怀疑转变为对自我的怀疑，甚至极端地认为自己终其一生也难逃苦难的魔掌。因此，从这个意义上说，这种怀疑本身也是一种坚信，她们正是怀疑自己不具备改变命运的可能，所以坚定地认为只能在现有的苦难之中了却残生。第三，当她们看到少数曾经的身边人彻底改变命运之后，除了本能的羡慕和嫉妒，她们又对其是否真的生活如此之好抱以怀疑，她们不相信自己昔日的伙伴会与自己拉开如此巨大的差距，即便是摆在眼前的事实，她们也要竭尽所能地对其展开怀疑，甚至不惜恶意地攻击与捏造歪曲事实。其实她们心底已经被这一现实所刺伤，但是为了维系最后的颜面，为了让自己获得一个心安理得的解释，她们集体性地选择这种极端的怀疑手段，似乎只有在这种怀疑之中，她们的生命才能延续，她们心灵的湖面才不至于波涛汹涌。

在《同屋记》《白貘夜行》等作品中，孙频创造性地将曾经共处一室的女性赋予差异化的生命轨迹，这些女性在各自的人生旅途中或安于现状，或拼命反抗，但无论是前者还是后者，她们都是伴随着上述三重怀疑。怀疑无时无刻不占据着她们的内心，支配着她们的行为，操控着她们的情绪，左右着她们的人生。在她们悲喜交加的起伏命运中，怀疑既是她们的瓶颈，又是她们的动力；既是她们的天使，又是她们的魔鬼；既是她们的依靠，又是她们的敌人。她们似乎只有在怀疑中才能接受现实的虚幻，也只有在怀疑的统摄之下才能认同虚幻的现实。前者迫使她们接受一切，后者驱使她们拒斥一切，而无论是前者还是后者，她们的灵魂从未得以安顿。这种灵魂深处的躁动不安赋予了怀疑不竭的动力。在她们的视域之中，怀疑意味着救赎，而在现实的可能之中，怀疑本质上是一种自我禁锢，而这一点，她们终其一生也难以觉察。在《白貘夜行》的结尾，所有人都对康西琳在冬季每晚一个人穿过墓地去水库游泳的行为持怀疑态度。这种怀疑不仅仅是出于违背常识的本能反应，更是她们借助否定另类人生来维系自己虚幻的自尊。因为只有在怀疑中，她们才能排除自己人生的其他多种可能，从而主动认同当前并不十分令人满意的人生现状。

如果说安全感极度匮乏所引发的怀疑是一种自保本能的话，那么自我认同的持续危机与对世俗诱惑的畸形反抗所催生的怀疑则是一种特殊的反抗。前者是以怀疑的方式维系卑微的生存，后者是以极端的选择应对精神危机的不断升级。但无论是前者还是后者，都是某种非理性的精神依赖，都是在过度夸大怀疑功能的自欺欺人。在这一过程中，怀疑成为支撑生命的唯一动力，怀疑被赋予了其本身不可承载的价值与意义。《色身》中杨红蓉的人生轨迹可以说是这种自保与反抗的最佳写照。卑微的家庭出身使她在物欲横流的世界中本能地流露出自卑与无助，超越卑微的强烈渴望又迫使她竭尽所能地持续挣扎。为了给改变命运提供坚实依据，她强迫自己质疑当前现状，但当无论怎样挣扎最后仍一无所获后，她又只能依靠怀疑来抵御自我否定的精神危机。与其说这是一种自我拯救，毋宁说这是一种变相的逃避。因为怀疑本身没有任何建构的意义，怀疑只能导致意义的拆解："我们所看到的一切外界事物都不过是他用来欺骗我轻信的一些假象和骗局"①，而意义拆解之后所剩下的只会是虚无的心灵。孙频作品中几乎所有形象都具有这一相似性的心灵结构：无以复加的怀疑与了无生气的虚无。之所以怀疑到无以复加的程度是因为怀疑本身意味着怀疑一切，一切事物的前提都可以被怀疑，甚至怀疑本身也可以被怀疑，怀疑的特性决定了它一旦开启就不会停顿，甚至将一切可以信赖的观念与想象彻底击碎，再无重建的可能。之所以虚无至了无生气的地步是因为经过无以复加的怀疑的冲刷，任何生命的气息都难逃被彻底扼杀的宿命，当一切价值都被拒绝和抛弃之后，唯一可以在心灵中留存的就只剩下虚无。更为可怕的是，心灵一旦虚无，则不会再有复苏的任何可能，只能在虚无中循环，不再有重获新生的希望。

二、难以超越的循环

对怀疑无以复加的执迷的结果是难以超越的循环。这种怀疑之所以是难以超越的源于怀疑本身的无限性。怀疑只有在动态中才有意义，怀疑一旦静止则立即沦为新的怀疑对象。因此，从这个意义上说，怀疑是难以超越的，怀疑只能在怀疑的层层展开中不断深化与裂变，将人彻底拖入死循环的旋

① ［法］笛卡尔. 第一哲学沉思集［M］. 庞景仁，译. 北京：商务印书馆，1986：22-23.

涡。孙频在创作中牢牢把握住这一点，并借助形象化演绎将这一生存困境深刻诠释。同时，孙频并没有满足于此，她不仅要揭示怀疑作为难以超越的循环的客观存在，还要进一步追问产生这种循环的根源，特别是在主人公心路历程的追踪中求索是否存在超越这一循环的可能。

　　孙频的第一个重要发现是怀疑之所以陷入死循环是因为所有人都在怀疑，所有人又渴望终止怀疑，而终止怀疑的唯一前提是有人不怀疑，他人可以在这种不怀疑中获得某种不怀疑的确证，但正是因为所有人都在怀疑，没有人愿意主动成为他人不怀疑的前提，所以所有人都在彼此期待的同时相互怀疑，怀疑也就随之成为无休止的死循环。《隐形的女人》中，处于明暗中的李湛云与向琳与其说是两个人，不如说是一个人的一体两面。孙频通过两个女人之间的相互怀疑在显性和隐性的双向维度中揭示现代女性普遍存在的精神分裂。她们一方面在鬼使神差之间怀疑某个异己性的他者存在，另一方面又手足无措地怀疑自己，她们既希望在对他者的怀疑中维系自我，又乞求在对自我的怀疑中消灭他者。但无论怎样，结果都是在难以超越的怀疑循环中时刻承受精神濒临崩溃的折磨。她们的精神重压不仅仅来自房间中确实存在的那个幽灵般的女人，更源于她们自己那永不停歇的怀疑。她们迫切地希望在男友的确定中彻底消除自己的怀疑，但残酷的现实却又一次次将这种怀疑加剧，直至她们完全难以承受。在这一不断加剧的怀疑过程中唯一有可能将其终结的是外在于她们的某种可以完全不必怀疑的存在，但问题恰恰在于这种无须怀疑的稳固存在本身是不存在的。因此，即便在作品的结尾，她们知晓了事情的原委，"隐形的女人"从幕后走向前台，她的心灵危机却依旧没有彻底终结，甚至在持续加剧，因为怀疑并没有在真相大白之后终止，真相本身值得怀疑，对真相本身的怀疑依旧值得怀疑，对真相本身的怀疑的怀疑同样值得怀疑……如此循环往复，永无终止。

在此基础上，孙频进一步通过创作向读者展现怀疑本身所固有的异质性因素。一方面，怀疑得以有效展开的方式是理性的审视，这也就意味着怀疑主体和怀疑对象都需要接受理性的拷问，但问题恰恰在于怀疑主体与怀疑对象的理性属性值得怀疑。从怀疑主体层面上看，怀疑得以开启正是出于怀疑主体对现有理性规划的质疑，只有对当前所生存的理性世界不再接受，怀疑才能真正开始。从怀疑对象层面上说，之所以成为被怀疑的对象也正是基于其存在难以获得合理性的解释。因此，无论是怀疑主体还是怀疑对象，都陷入理性的二律背反，要么以理性的怀疑苦苦找寻并不存在的怀疑的理性，要么以怀疑的理性誓死捍卫虚无缥缈的理性的怀疑。《瞳中人》中余亚静的情感经历真切演绎了怀疑异质性所导致的循环。正是出于对现有恋情的怀疑，她开启了重温历任男友之旅，但随着重温历程的不断深入，她逐渐意识到无论自己与昔日的男友关系怎样，至少当下他们已不再适合自己。第一任男友才子景天在时间的流逝中丧失了昔日的儒雅，沦为与常人无异的庸俗之辈。第二任男友华又唐虽然没有发生任何改变，但时间静止的体验本身却让余亚静感觉更加难以接受。第三任男友师康在经济压力面前暴露的猥琐则让余亚静无论如何也难以将其与昔日追逐梦想的北漂艺人联系在一起。第四任男友李明澄当前小市民般的嘴脸则让余亚静怀疑他之前是不是一位理想主义至上的行吟诗人。因此，她对自己重温男友的行为本身产生怀疑，毅然决然地准备重新回到现任男友那似乎并不十分温暖的怀抱。但当她回到现任男友身边时才发现，现任男友的感情也是值得怀疑的，自己不过是他良心救赎的工具而已。而之所以历任男友都无法令她满意的真实原因恰恰是她始终处于理性的怀疑之中。如果她没有怀疑，生命中的任何一个男人都可能是她恋爱的终点和婚姻的起点，而正是因为她难以放弃怀疑，生命中的任何一个男人都难以通过怀疑的检验，孙频似乎想通过主人公的恋爱史告诉读者，怀疑本身的异质性决定了其最终走向自我否定的反面，任何渴望凭借怀疑支撑的人生不过是虚幻的空中楼阁。

另一方面，怀疑之所以被称为怀疑正是因为其对某种预设前提的反叛，而某种预设前提的成立之所以会出现松动，根本原因在于怀疑的过程是试图用理性把握非理性的努力。而非理性之所以是非理性，正是因为其难以用理性认知。因此，任何企图用理性把握非理性的努力开启之初即注定着失败，而怀疑本身却又偏偏不认同这种先于实践结果的前提预设，最后怀疑只能在怀疑与反怀疑的相互替代中无限循环。可以将《一万种黎明》和《醉长安》两部作品进行比照性阅读。前者的主题可以笼统地概括为男性怀疑女性，后者的主题可以基本简化为女性怀疑男性。无论谁怀疑谁，怀疑的原因是一致的，即都质疑对方的忠诚。但现实却恰恰是对方始终如一地守护着这份感情，唯恐其在任何不经意的疏忽中破碎。但问题在于，如果被怀疑者没有任何值得怀疑之处，怀疑主体为何又会自始至终地保持怀疑呢？这似乎是一个悖论，然而在现实的怀疑中却真实地发生着。当张银枝乘坐慢车一趟趟地往返于两地之间，当孟青提一次次原谅恋人的始乱终弃，我们难以否认背后支撑的不是爱情的力量，但正是这真实世界中难以发生的场景，催促着主人公包括读者对其背后的真实目的一次次地展开怀疑。换句话说，怀疑成为坚定的前提，坚定反而成为怀疑的对象。而这一幕幕之所以会不断上演，正是因为怀疑本身的异质性决定了其只能在无法超越的结构中不断循环。

三、自我否定的悖论

孙频在对怀疑进行多维透析之后，没有停下探索的脚步，而是进一步揭示怀疑自我否定的深层次悖论。这种自我否定的悖论集中体现在怀疑的结果是对怀疑本身的否定。具体来说，怀疑的出发点是对某种既定现实合理性的质疑，但怀疑的过程却恰恰是将怀疑对象的不合理合理化。怀疑的最后是以否定怀疑、认同怀疑对象为终结的。这种怀疑自我否定的悖论几乎贯穿孙频创作的全过程。《杀戮》《柳僧》《半面妆》《杀生三种》等作品的主题各不相同，但一致的是它们都在情节的展开过程中将某种有充分怀疑理由的存在合理化，祛除其存在怀疑的可能性。暴力、杀戮、抢劫、卖淫等行为毋庸置疑是值得怀疑的，但在孙频笔下，这种明显不合理的存在却在怀疑中不断趋向于合理，令人匪夷所思的是，如果没有怀疑，上述行为的不合理性无须证明，但恰恰是在怀疑的观照之下，其不合理的性质竟然发生了根本性的畸变。这种畸变是如何在看似合理的怀疑中潜移默化发生的呢？答案似乎只有一个，即怀疑本身存在问题。孙频通过作品的演绎所要传达给读者的恰恰正是这一残酷的辩证法。这种残酷的辩证法在《光辉岁月》中被彰显到极致：作为高级知识分子的梁姗姗在回到家乡的小县城工作后自然存在诸多的不适应。也正是源于这些不适应，她对周遭的一切充满拒绝性的怀疑，她不仅在语文教学过程中与校方存在着不可消融的争执，更为重要的是她对自己在家乡的身份属性产生了持续性的怀疑。"学历贬值、道德嬗变、阶层固化、家庭羁绊、自我沉沦等原因导致了梁姗姗二十年城市生活的失败，种种遭际使其对人生有了新的觉与悟——不再与世界、自己为敌，对'幸福'也有了新认知"①。但也正是这种持续性的怀疑，最终导致她认同了家乡，甚至将平庸、乏味、屈辱的生活过成了所谓的"光辉岁月"。如果仅从作品内容与标题之间的反差来理解作品，则完全忽视了孙频的良苦用心，她并不是刻意地进行无意义的反讽，而是要将梁姗姗在怀疑中不断沉沦，最终走向自我否定的残酷真相彻底刺破，将怀疑本身的异质性因素无以复加地开掘。《疼痛的探戈》也深刻揭示了合理性怀疑到怀疑合理性之间仅一步之遥。饱受父亲卑微刺痛的贺明月对男人的情感有着本能的怀疑，她在心灵深处拒绝一切男人，因为她从自己的成长经历中学到所有男人都值得怀疑的"真理"。但是即便她自认为可以将所有男人玩弄于股掌之上，可以任意操纵男人的情感，最后却被一个类似父亲一样的卑微男人所打动。与其说是打动，不如说是怜悯。无独有偶，《鱼吻》中的江子浩本来已经不再相信任何情感，他与异性的交往完全是出于牟利，但正是这个对爱情彻底怀疑的遁世者，最终却以自我牺牲的方式保全一个他最不应该付诸情感的人。在这里，不是怀疑的结果出现翻转，而是怀疑的结果与怀疑本身在主人公身上实现了异质同构。主人

① 余凡. 新伤痕时代知识青年的精神史——评孙频《光辉岁月》[J]. 东吴学术，2020（6）：53-59.

公只不过是怀疑自身展开过程的承载工具，无论谁怀疑，无论谁被怀疑，结局都是注定的。而这样一来，怀疑本身又似乎丧失了意义，如果所有的怀疑最后都注定是没有怀疑，那么谁又应该为怀疑埋单呢？孙频在《海棠之夜》的结尾作出了形象的回答：自我毁灭。只有在自我毁灭后怀疑才会终止，而在自我毁灭之前，怀疑只会继续，怀疑的自我否定同样也在继续。没有人能将其彻底终结，因为每个人都是怀疑者，每个人又同时是被怀疑的对象。至此，孙频对怀疑的考辨几近达到虚无主义的极致。

那么原因何在？导致怀疑走向自我否定的原因是多重的。既有怀疑主体的因素，也有怀疑对象的因素。但核心因素在于怀疑本身。如前文所述，作为行动性的怀疑始终处于动态性的过程之中，怀疑没有终点，只能继续，否则就丧失了其存在的合理性。出于怀疑自身的这种异质性，怀疑只能在不断否定中成就自身，而这种在否定中成就自身自然是自我否定。换句话说，在多种可能性中，怀疑开启了另外一种新的可能，但同时关闭了其他可能。《无相》中，母亲亲手教会了儿子怀疑，甚至将自己的父亲也作为怀疑的对象。也正是在怀疑的支配之下，他在上大学后与周围环境格格不入，他既不能进入他人的世界，他人也理解不了他的心境，唯一能够与他交流的是母亲留给他的怀疑本能。他最后的悲惨结局与其说是神经错乱，不如说是母亲怀疑心态的生命延续。怀疑为他们母子提供了异于常人的生存理由与动力，同时也剥夺了他们与外界有效交流对话的任何可能。怀疑的初衷是为了不怀疑，而怀疑的结果又恰恰是一切皆需要怀疑。《因父之名》将怀疑的这种自我否定推向极致。田小会成长过程中父亲的缺席使她相较于其他女孩更具怀疑性。但她遭受侵犯的这一最需要加以怀疑的事件却被她视为合理的，在这一过程中，她不仅仅是在暴力的摧残过程中精神扭曲，更为重要的是她在怀疑的遮蔽之下迷失了健全的认知。她当然知道自己遭受了什么，她自然也对这一事件感到发自灵魂深处的耻辱，但是在怀疑的力量面前，世俗的价值取向只能让位于怀疑的冲动，生命本能的羞耻也不敌持续的怀疑。正是因为她始终处于病态的怀疑之中，所以她在内心中迫切地希望找寻到一个可以不被怀疑的东西，而她遭受侵犯的突发事件恰恰满足了她的这一心理需求。也正是源于此，在常人看来完全不合理的现象其实存在着令人痛心疾首的深层合理性。孙频的深刻之处在于借助怀疑的自我否定及其所引发的灵魂撕裂的真切呈现，从而在人类学的意义上探究超越怀疑自我否定悖论的精神救赎可能。①这一点在《祛魅》中表现得尤为突出。作为弱者的李林燕在老人面前脱光衣服本身十分反常，但她却对此没有想象中的羞耻，原因则在于母亲为了家庭生计而被迫出卖肉体的童年记忆。二者之间看似并无实质性的因果关联，其实贯穿着从怀疑到怀疑自我否定的内在逻辑线索。作为对男女之事懵懂的幼童，她并不能评判母亲行为的正负价值，更不可能完全认知这种行为本身的意义。但是从生命本能出发，她对这种行为表示十足的怀疑，她虽然不懂得这种行为到底意味着什么，但是却在怀疑中对其加以毅然决然的否定，这种否定在童年的心灵中埋下了阴影，伴随着她的成长，而当她面临与母亲相似的处境之时，她本应具有的怀疑却不知所踪。这并不是因为残酷的

① 贺绍俊.主观·信仰·先锋性——2016年中篇小说述评［J］.小说评论，2017（1）：15-20.

现实给予她的惨痛教训，也不是她在是非面前丧失道德评判的本能，深层动因是她在旷日持久的怀疑中遗忘了怀疑本身。她从对母亲的怀疑触及对自身的怀疑，最后放大至对整个世界的怀疑，而当整个世界都被怀疑之后，她蓦然发现似乎一切又都具有存在的合理性，一切都丧失了怀疑的必要。正是在这种怀疑的自我否定过程中，世界的多重可能性降级为唯一可能性，蜕变为当事人唯一愿意接受的可能性，对不合理应有的怀疑自然也就不再值得怀疑，怀疑在和风细雨之中完成了和平演变，走向自己的反面。

还需要进一步指出的是，怀疑不是一次性的。因此，在持续的自我否定之后，怀疑主体的精气神彻底被掏空，逐渐沦为行尸走肉。《月亮之血》以一家四口先后走向生命终结的寓言惊心动魄地揭示了精力充沛的人是如何在持续的怀疑中一步步走向衰竭的。当然，尹家四口的悲剧主要源于现实生存对弱小生命的超负荷重压，但是物质层面的逼索并不是导致他们精神委顿的直接根源。尹家四口人从对生活充满希望到精神麻木的沉沦主要是在一次次怀疑中不断加剧的。哥哥本来在父亲病逝后自觉承担了家庭的责任，为了维系家庭必要的开支，他被迫外出打工，此时的他还对生活充满希望，对眼下困苦的生活并未产生怀疑，但随着外出打工屡遭摧残，特别是在经历常人难以忍受的屈辱之后，他逐渐开始对人生产生怀疑，而怀疑一旦产生则一发不可收拾。随着怀疑的持续，先前的精神支柱不断衰败，最终导致他在彻底崩溃中沦为毫无廉耻的行尸走肉。尹来燕也是一样，为了满足父亲在临终前的愿望，穷途末路的她只能选择出卖肉体，这一点她原初并未产生任何怀疑，真正让她陷入怀疑旋涡的是她发现无论怎样挣扎都不可能彻底改变家庭的贫困，都无法过上体面的理想生活。因此，怀疑逐渐控制她的内心，并不再让任何东西进入。也正是源于此，当尹来燕在铁厂工作被铁水烫伤之后没有表现出任何本应具有的反应并不是她在生理上有任何缺陷，而是她的内心被怀疑的虚无彻底占据。但即使是沦为行尸走肉，被怀疑裹挟着的悲惨灵魂又不得不面对一次次的精神撕裂。他们一方面出于怀疑难以完全对现状认同，另一方面又在应接不暇的厄运面前渴望平静的生活。前者不断加剧着怀疑的力度与程度，后者持续消解着怀疑的宽度与广度。因此，在二者的持续作用之下，孙频笔下的人物始终处于命运的跌宕起伏之中，永远得不到生命喘息的瞬间。《东山宴》《玻璃唇》《美人》等作品中的主人公采采、林成宝、杨敏玉的灵魂自始至终未能得以安顿，究其原因，自然是她们在怀疑的持续中不断品味自我否定的苦涩。这进一步导致她们精神的全面崩溃与彻底疯狂。如果说先前的怀疑还是她们主体性的主动行为的话，那么在她们精神裂变之后，怀疑则变异为自发性的本能行为，怀疑再也不需要任何前提，更无须所谓的触媒，怀疑可以自由地在她们的生命中野蛮生长，直至将她们的精神世界彻底摧毁。有读者难以理解孙频笔下人物为何如此的神经质和具有攻击性，而从怀疑自我否定的悖论中加以审视，则不存在任何理解的困难。

第三节　悲剧的揭示与尊严的捍卫

孙频的小说创作突显出一种对死亡的执迷，致力于营造一种令人窒息的死亡压抑。这既是有意为之的主观设计，又是本能情结的客观呈现。在孙频笔下，死亡不再是心跳停止的生理指标证实，而是个体生命意识的终极消散；不再是"赤条条来去无牵挂"的无所留恋，而是生命尊严的永恒捍卫；不再是盲目乐观的天国向往与恣意悲观的地狱恐惧，而是生命意识的觉醒与苦难悲剧的救赎与超越。在孙频的死亡叙述中，可以看到一种新的悲剧观：在残酷现实的超现实演绎和极端经验的反历史叙事中实现悲剧观念的非常态建构，在自我认同的焦灼期待与本能压抑的病态反抗中自觉捍卫生命的尊严，在逻辑先在的死亡"悬临"与无对象性的死亡反思中完成向死而生的死亡超越。

一、被动接受

在人类历史记录的整体视域中，死亡只具有数据统计的意义，而在文学抒写的生命视域中，死亡则带有不可重复的独异性与不能遗忘的珍贵性。死亡彻底宣告了生命的终结，死亡是生命中唯一一个不能重复体验的过程，但死亡又并不意味着个体生命的完全消解。人除了生存本能，更要追问生命的意义，这一点在关于死亡的问题上尤为突出。在孙频的作家视域下，对死亡意义的追问远远重要于死亡结果的呈现，对死亡体验的终极揭示远远重要于死亡过程的血腥描摹，对死亡意识的本真传达远远重要于死亡事件的真实报道。因此，孙频从多样性的死亡外在表现中挖掘出共同性的本质，即多数人的死亡不是顺其自然地回归大地，而是在现实苦难的残酷摧残下的被动接受，是伴随着无能为力与无可奈何的苦楚与遗憾走向生命的终点。

为了将这种被动接受的死亡充分揭示，孙频以超现实的方式介入超出想象边界的残酷现实。在她的笔下，底层人民所面临的不仅仅是朝不保夕的饥饿与雪上加霜的疾病，更是其在几近窒息挤压下的畸形反抗：以消耗生命的方式维系生命，以加速死亡的选择抵抗死亡。从生命的本能出发，他们恐惧死亡、畏惧贫困，从惯性的思维模式考量，他们渴望幸福、向往富裕，但当命运的魔掌一次次将美好的憧憬粉碎，当黑暗一次次吞没幸福的期待之后，他们被迫无可奈何地终结了全部遐想，甚至放弃自己仅有的一丝理智，以行尸走肉的姿态漂泊于无边苦海，以麻木不仁的方式了却残生。这既是最荒谬愚昧的选择，也是最合理明智的行为。之所以荒谬愚昧是因为如此的选择等于自动放弃了人与动物的区别，将人退化堕落为动物；之所以合理明智是因为除此之外别无他法，与其恐惧忧虑无法逃脱的宿命，不如放弃一切执念回归虚无。孙频的独到之处在于奇妙地将二者表层的矛盾在作品中超现实地实现统一。在《月亮之血》中，面对病重父亲临终前的卑微奢求，尹来燕渴望给予满足但却无能为力，最后只能以出卖肉体的方式实现。然而孙频并没有满足于此，而是要以更加残忍的方式彻底冲破读者最后的心理防线。出卖肉体仅仅是其家庭悲剧的开始而非结束。父亲去世之后，家里失去主要经济来源，被迫出卖肉体导致未婚先孕使原本拮据的家庭更加雪上加霜，外出打工成为废人的哥哥在游戏人生的病态挥霍中不断将摇摇欲坠的家庭推向深渊……当尹来燕进城打工杳无音讯后，家庭中唯一的幸存者——尹来燕的母亲也踏上儿女曾经的不归路。这一刻没有谁不为之叹息。尹来燕家人的相继离世绝非局限于一个个生命的消逝，更在于消逝过程的惊心动魄与消逝原因的无法解释。惊心动魄自然容易理解，任何一个情感健全的人都难以接受死亡人数的持续增长。无法解释则在于死亡降临的不可接受与毫无征兆。尹来燕全家的悲剧缺少必要的解释与合理的依据。如果执意找出一个潘多拉魔盒开启的肇始，只能勉强定位在她出卖肉体的自发选择上。正是这唯一一次的非常态选择导致其整个人生轨道彻底偏转。但除此之外，作为一个把孝敬父亲作为唯一目标的懵懂小女孩，尹来燕还有其他选择吗？任何站在道德制高点上的批判与否定既无意义更缺乏起码的人文关怀。尹来燕及其哥哥、母亲的所有选择本质上是畏惧死亡的本能回避与拒绝死亡的消极抵抗，其结果是死亡非但没有远去，相反催逼得更加紧迫，最终让所有希望破灭、一切信念摧毁。在这一过程中，死亡未发生任何改变，人性却发生裂变和扭曲，冷漠成为唯一残存的情感记忆。

　　为了将死亡的真相进一步揭示，孙频从不同层面切入死亡催逼下人性异化导致的三重冷漠。首先是自我冷漠，丧失生命的敏感，以自我催眠的方式忘却死亡的恐怖体验，以自欺欺人的行为淡化死亡的记忆创伤。尹来燕对自己伤口流血的熟视无睹，尹来燕哥哥对流言蜚语的充耳不闻都是自我冷漠的最佳体现。死亡的摧残已经彻底令他们丧失了生命的热度与情感的温度，既然活着就是苦难的永恒延续，生与死的界限也就因此不再泾渭分明；既然活着就等于希望的反复破灭，又何必在意虚无的道德与他人的眼光？对自己尚且如此，对他人何谈爱与同情？因此，第二重冷漠即对他人的冷漠。之所以对他人冷漠绝非本意如此，而是在残酷现实面前清醒地意识到并非每个人都具备爱他人的资本，尹来燕哥哥的自甘堕落是因为他在落下男人难以启齿的残疾后充分认识到除了等待死亡的降临别无选择，与其让家人同情落泪，不如自我封闭，以拒绝爱的方式终结家人爱的给予。他清醒地意识到，他是不具备给家人爱的回报的能力的。自我冷漠与他者冷漠的结合即第三重冷漠：社会冷漠。这里所谓的社会冷漠不是常规意义上对道德沦丧与人心不古的批判，而是全社会爱与情感传达过程的失谐。从本能出发，每个人都自认为有爱心，也愿意奉献爱心。但现实的悖论是真正的苦难者丧失了呼救的能力与渴望，真正的拯救者看不到现实的残酷与救赎的徒劳。因此，全知全能的上帝视角不可能真正展现人间真正的苦难，高高在上俯视的同情也难以真正抚慰受伤的心灵，对社会冷漠的超越需要借助于新的艺术表现手法。孙频不仅意识到了这一问题，而且解决了这一问题。

　　为了实现对上述困境的实质性超越，孙频创造性地开启了极端经验的反历史叙述。所谓极端经验的反历史叙述是指对经验的极端化处理和对历史逻辑的颠覆性想象。为了让死亡经验更具真实感与穿透力，孙频将死亡经验的某些特征极致化放大，甚至不惜以虚构替代真实。当然，这种虚构不是任意的，而是遵循死亡本身逻辑的有机展开。亚里士多德曾提出："写诗这种活动比写历史更富于哲学意味，更被严肃地对待，因为诗所描写的事带有普遍性，历史则叙述个别的事。"①亚里士多德意在强调文学虚构所独具的普遍性，而孙频似乎在此基础上将其推向"诗比历史更富于经验意味"。对于孙频来说，个人极端经验的意义远远大于普遍性的经验认知，文学创作想要突破叙述的限制与语言的边界必须借助于极端性经验的适度夸张与荒诞演绎。只有在夸张与畸变中，被日常观念遮蔽的沉睡心灵才能被彻底唤醒，也只有在感同身受与撕心裂肺的虚拟体验中，文学接受过程中期待的强烈情感共鸣才会真正出现。因此，在《乩身》中，孙频借助盲人的独特经验展现常人习以为常之事对于某些边缘人来说的艰难，以常态化的身份认同空缺揭示部分底层人民被社会普遍化遗忘的极端精神危机。天生残疾的阿勇出生即被遗弃的遭遇已饱含悲剧意味，而跟随她一生的非公正待遇则将这种悲剧层级不断加剧。为了获得社会的接纳，阿勇甚至主动放弃性别意识，以中性人的怪异姿态游走于世人之间，但没有人真正将她平等对待，更不会与她真心沟通，只有当内心需要迷信的心理暗示时才会想起她的存在。而即便如此，居然也要在占卜结束后厚颜无耻地使用假币。阿勇最后的死亡与其说是为了维护小镇免于拆迁的厄运，不如说是受尽凌辱与欺骗之后以激进的方式最后一次争取世人的关注。另外，孙频本能地质疑常规的历史化叙述，她所追求的是"不用想象某种真实的东西而能够真实地想象某种东西"②。前者只能凭借

---

① ［古希腊］亚里士多德.诗学［M］.罗念生，译.北京：人民文学出版社，1962.

②中共中央马克思恩格斯列宁斯大林著作编译局.马克思恩格斯选集（第1卷）［M］.北京：人民出版社，1995：36.

想象偏离历史的本真，后者关注于历史中真实的生命体验。孙频难以容忍历史常规的记录，更坚决抵抗历史预设的盲目进步观念。因此，在《绣楼里的女人》中，孙频以几代女性的悲惨际遇与灵魂迷失提出一系列追问：为何时代的不断进步、物质生活的极大满足依旧难以解决女性的生存之困、精神之痛、生命之殇？一个个鲜活生命的消逝留给历史的是永恒的反思还是瞬间的记忆，抑或是一无所有的空白？作品结尾时绣楼里阴魂不散的贺红雨意象是对自己人生遭遇的不甘控诉还是痛心疾首的自在言说？所有这些问题将被遗忘的历史现实化为真实的荒诞想象，同时留给读者无限的自由想象与二度创造空间。

传统意义上的悲剧可以大致划分为命运悲剧、性格悲剧和存在悲剧。而孙频在对死亡的叙述与揭示中所呈现的悲剧意味与上述三者存在着明显的不同。她不再专注于悲剧的崇高体验，不再致力于悲剧氛围的渲染与悲剧意味的揭示，而是以悲剧意识的自我淡出刻意消解死亡的沉重。这种悲剧意识的自我淡出主要体现在对死亡客观性的强调。在孙频看来，死亡是消除一切差异的终极手段，既然所有人都难逃死亡，生前的差异就不具备任何意义，对死亡的恐惧也完全没有必要。无论何种形态的悲剧，悲剧意识都是其必要性前提，孙频将悲剧意识淡出的创作尝试对悲剧自身存在的合理性与合法性构成严重威胁，但这并不意味着悲剧被其彻底颠覆。从悲剧自身的发展逻辑线索中不难发现，其关注点是沿着由外向内的方式变化的，即从悲剧体验的外部呈现不断深入悲剧感受的内心剖析。而当存在悲剧将人的自我异化与荒诞性本质淋漓尽致地揭示，甚至将不可言传的存在体验也完成对象化的呈现之后，悲剧似乎已不再有进一步超越的可能。面对这一世纪性难题，孙频睿智地通过悲剧对自身的根本否定实现涅槃重生。当悲剧意识发展到极致阶段，只有借助于其本身的自我淡出才能在根本上完成新的生成，只有敢于进行自我毁灭的尝试，才能彻底实现发展瓶颈的本质性超越。因此，在孙频建构的非常态悲剧中，死亡从偶然的突发变为常态的事实，从情绪的大起大落变为粗茶淡饭的平淡无奇，从间歇性的恐惧变为持续性的伤痛。这样一来，死亡不再庄严肃穆，但却更加震人心魄，不再饱含遗憾，但却满怀无奈。《东山宴》中的阿德冲入坟茔的行为与其说是对母亲的病态依恋，不如说是在死亡中主动找寻安全感。《无相》中于国琴的怪异举动与其说是标新立异，不如说是以死亡补偿多年的情感缺失。《圣婴》中母亲的主动赴死与其说是让渡生存空间，不如说是在死亡中实现最后的解脱。所有日常都化为悲剧，所有悲剧也化为日常。因其日常化，所以在劫难逃；因其悲剧化，所以无可奈何。孙频以思辨的方式完成新悲剧观念的非常态建构。

二、主动选择

与那些被动接受死亡的悲惨人生不同，孙频笔下的另外一批人物形象则主动地选择死亡。死亡对于他们来说与众不同且意义非凡。在他们的视域之下，即便死亡令人恐惧，但也正因为令人恐惧才更加迷人，更具诱惑力乃至令人神往。这虽然有悖于常识，但却也不难理解。现实的失望与绝望导致幻灭感的一再加剧，新鲜感的消亡与粄平化的扩张引发主体间性的丧失，在"一切坚固的东西都烟消云散"的时代里，唯有死亡能够唤醒麻木的灵魂与久别的热忱。毋庸置疑，这种对死亡的另类审视充斥着本能压抑的病态反抗情绪，遍布着个体自我渴望被认同的焦灼期待，但在这种失望与绝望之中，凝聚着生命尊严的自觉捍卫。如果说被动地接受死亡揭示的是无能为力的临终祷告，那么主动地选择演绎则是无与伦比的生命挽歌。挽歌因其凄凉而扣人心弦，也因其悲壮而痛彻心扉，更因其哀婉而响彻心房。

　　人与动物的根本区别在于动物只能自然自在地生存，而人则可以自觉自为地生活。"动物是和它的生命活动直接同一的，它没有自己和自己的生命活动之间的区别，它就是这种生命活动。人则把自己的生命活动本身变成自己的意志和意识的对象，他的生命活动是有意识的……人不仅像在意识中所发生的那样在精神上把自己化分为二，而且在实践中，在现实中把自己化分为二，并且在他所创造的世界中直观自身。"①正是因为人具备把自己作为对象来加以审视的能力，所以人类一方面具备超越自然限制的创造能力，但另一方面也承受着动物不会产生的精神危机。因为一旦进行自我审视，结果无非两种：满意或失望。而现实中绝大多数人的自视结果自然是后者而非前者。人不仅容易在相互的比较中体验相形见绌的自卑，更习惯于在理想之我与现实之我中间的巨大差距中寻找内心失衡。现实中总是有太多的不满意令人不堪重负，生命中也充斥着无限的无法掌控。而这时人类突然发现，即便全世界将他抛弃，依旧有一件事可以由他支配，那就是死亡。既然出生环境与先天资质都无从选择，死亡这唯一可以掌握的权力就一定不能轻易放

　　① 马克思. 1844年经济学哲学手稿［M］. 中共中央马克思恩格斯列宁斯大林著作编译局，编译. 北京：人民出版社，2018：50-51.

弃。在这样的观念支配之下，死亡发生根本性的裂变，不再令人本能地回避恐惧，相反更令人欣然神往，甚至有人对自杀产生迷恋。因为在自杀中可以体验精神超越物质的快感，可以享受自我掌控的舒适。康德曾经以逻辑的方式论证过自杀的不被允许："以通过情感促使生命的提高为职责的自然竟然把毁灭生命作为自己的法则，这是自相矛盾的，从而也就不能作为自然而存在。这样看来，那样的准则不可以成为普遍的自然法则，并且和责任的最高原则是完全不相容的。"①康德的论证之所以能够成立是因为康德以理性的方式预设道德律的存在。但是当非理性的人连自我存在与否尚且充满怀疑时，外在于人的道德法律又有何约束力呢？因此，在这些人看来，没有什么能够阻挡自我终结的向往，在超常态的压抑之下，只有自杀的快感才能抚平一切精神创伤。孙频深刻地洞察到了这一点，所以她笔下的诸多人物有着对死亡的共同性执迷与宗教般的狂热。《松林夜宴图》中的李佳音可以充当他人的精神导师，但在命途多舛的摧残下最终以死亡实现不堪重负的解脱。《鱼吻》中的江子浩虽然最终完成由底层到上流社会的华丽转身，但终究承受不住生命本能的羞耻与自责，只能在死亡的炼狱中洗涤污秽已久的灵魂。所有这些自杀选择，既是无谓的牺牲，又是难以避免的悲剧，既留下无限的遗憾，也终结了对立的矛盾。

孙频作品中有一系列游离于主流之外的边缘人物形象。他们包括执迷于自我精神世界的流浪艺术家、流连于酒吧的失恋青年、向往城市繁华的乡镇教师、无所事事的大学生、被另眼看待的女博士、青涩忙碌的职场小白以

---

① 康德. 道德形而上学原理［M］. 苗力田，译. 上海：上海人民出版社，1984：73.

及编织谎言的投机分子等。这些人虽然背景不同、身份各异，但出于一定的知识储备和文化观念，自发地形成自命不凡的清高和与众不同的孤傲。他们不屑于眼前的现实生活，自认为时运不济，幻想自己未来的飞黄腾达，但缺乏改变现状的勇气与踏实拼搏的奋斗精神，总是在浅尝辄止的失败中怨天尤人，又在生不逢时的哀怨中自怨自艾。他们迫切地渴望被认同，由衷地希望成为万众瞩目的时代弄潮儿。因此，一旦不切实际的幻想破灭，自发身份认同的虚幻镜像被打碎，内心脆弱又不甘平庸的他们只能把死亡的自我选择作为唯一的身份确证法宝和超越精神危机的武器。死亡奇异般地从自我生命的否定转变为自我确证的肯定，从对死亡的畏惧转变为通过死亡确证生命的最高价值。然而，这种死亡的自我选择能否发挥预期的功效呢？以死亡的自我选择换取的身份认同是主观的想象还是现实的可能？答案自然是不言而喻的。虽然不能从根本上彻底否认死亡是自我确证的唯一方法，是自我主宰的唯一特权，是自我欣赏的唯一手段，但是自我选择的死亡在确证自我的同时也消灭了自我，在自我主宰的同时也放逐了自我，在自我欣赏的同时也异化了自我。死亡的自我选择是一柄双刃剑，既可以带来魔鬼般的极端体验，但也在这一过程中让自我彻底迷失。如果说孙频笔下的众多人物是为了自我确证才选择奔赴死亡的话，那么死亡最后带给他们的依旧是主体性的弥散，而非终极性的拯救。那么，死亡的自我选择果真没有任何意义与价值吗？答案依旧是否定的，死亡的自我选择至少有一个作用，那便是彰显精神本性的不屈服，昭示生命尊严的自觉捍卫。

人具有物质与精神的双重属性。人既不能脱离物质性的满足，更需要精神性的实现，甚至在多数条件下精神性的实现更为重要。人可以蜗居在方寸之间，但难以接受自由被限制；人可以接受粗茶淡饭的素朴，但无法容忍精神遭受摧残；人可以漂泊于蛮荒之地，但绝不认同尊严被践踏。也正是源于此，人是超越性的存在，人借助精神的自由完成物质限制的超越，并在这种超越中实现心灵的安顿。而一旦这种超越性遭受难以逾越的挑战时，有的人会如阿Q那样选择自欺欺人的自我麻痹，有的人则会以自我毁灭的方式捍卫尊严。孙频作品中除了关注那些以病态方式追逐死亡体验的消极反抗者，还关注那些以自由意志彰显生命力的积极反抗者。这些人的精神追求类似于鲁迅杂文中赞誉的"埋头苦干的人、拼命硬干的人、为民请命的人、舍身求法的人"①，所不同的只是孙频笔下的人物更具凡人色彩，没有轰轰烈烈的壮举和撕心裂肺的呐喊，有的只是平淡无奇生活中的点滴坚韧与倔强顽强，但在精神气质上是与鲁迅完全相通的。《醉长安》中孟青提的悲剧人生虽不免畸形与病态，但她对纯粹爱情的执迷依旧有着可圈可点的令人敬畏之处。孟青提一次次原谅恋人的移情别恋并非源于逆来顺受的懦弱，而是她对理想爱情的执着。正是因为她将理想爱情视为神圣般的存在，所以她能一再容忍恋人的不忠。因此，与其说她是在竭力维护现实中的爱情，不如说她是在理想爱情的守护中捍卫自己的精神追求。她的悲剧的产生正是源于她没有以世俗的标准规约自己的婚姻，在于她不接受牺牲理想爱情而作出利益最大化的妥协。从常人的眼光来看，她是另类的，难以理解的。从超人的眼光来看，

---

① 鲁迅. 中国人失掉自信力了吗［J］. 鲁迅全集（第六卷）［M］. 北京：人民文学出版社，1981年：18–119.

她是杰出且卓尔不群的。她最终的死亡在普通人看来是自作自受的，但从生命尊严捍卫的角度来看是壮怀激烈的。黑格尔曾言："生命乃是自身发展着的、消解其发展过程的、并且在这种运动中简单地保持着自身的整体。"[①]肉体虽然难逃腐朽，精神却可永存。而保存精神的极致化表达则在于以死亡自我选择的极端方式实现生命尊严的自觉捍卫。"人应尊重他自己，并应自视能配得上最高尚的东西。"[②]如何尊重自己，如何成就高尚？也许正是在尊严遭受践踏时的死亡自我选择划定了伟大与渺小的终极区分。如果说在自我选择死亡中追逐病态的自我认同需要加以必要的批判与纠正的话，生命尊严的自觉捍卫则毋庸置疑是值得敬畏的。

三、本真揭示

孙频借助被动接受与主动选择从正反两个层面实现了现代人面对死亡威胁的生存际遇与精神图景的真实呈现，将潜藏在世俗生活中间的苦难与血泪有机剥离，让读者摆脱物欲横流的遮蔽，认清世界的本真。从这个意义上说，作为"80后"作家的孙频已经突破了年龄的樊篱，以异常成熟稳健的姿态审视芸芸众生的可悲、可笑、可怜与可叹。然而，孙频并没有止步于此，而是在揭示死亡的残酷真相的基础上进一步展开死亡终极追问与无限反思，并以义无反顾的自由意志探索世人接受的普遍真理，完成对死亡困境的悲剧性超越。在这一过程中，孙频以逻辑先在的思维"悬临"揭示死亡的本真，

① 黑格尔.精神现象学（上卷）［M］.贺麟、王玖兴，译.北京：商务印书馆，2017：135-136.
② 黑格尔.小逻辑［M］.贺麟，译.北京：商务印书馆，2015：35.

以无对象性的死亡反思彰显死亡的特性，以向死而生的死亡超越完成人类的终极救赎。

孙频以其独有的敏锐捕捉到死亡是相较于其他任何事件的独异性存在。这种独异性表现为死亡对于人来说是随时而至的突然降临，只能被想象，但始终无法预判。在孙频看来，死亡并非某种确定性的状态位于未来的某一时间节点上，而是不确定的确定性，即死亡是必然的，但何时出现始终以未知的方式凌驾于人的掌控范围之外。因此，相较于可以从时间轴中清晰认知的其他事件，死亡独异地具有逻辑先在性，人只能以逻辑预设的方式根据他人的真实死亡想象自己在未来某个时刻的类似可能，但终究不能实现对死亡的规律性认知与系统性把握。死亡的逻辑先在性本身也具有复杂的矛盾性。从死亡的自在逻辑先在层面来说，死亡具有绝对的不可逆转的必然性。任何妄图永生的奢望除了放大死亡的恐惧无任何意义。"人在死面前无路可走，并不是当出现了丧命这回事时才无路可走，而乃经常并从根本上是无路可走的。只消人在，人就处于死之无路可走中。"[①]这就意味着死亡不仅具有必然性，而且更为重要的是在这种必然性的展开过程中，死亡抹平了现存世界的一切差异。现世的功名利禄在死亡面前都会黯然失色，变得微不足道，生命中的爱恨情仇在死亡面前也都会变得不值一提。死亡实际上始终扮演着最大的悲剧制造者，将现世一切美好与丑恶的东西统统毁灭，不留一丝剩余。而一旦以这样的观念看待死亡，痛心疾首的悲观绝望与无可奈何的苍凉虚无自然在所难免。《柳僧》中倪慧母亲的初衷本来是找寻青春时的美好记忆，不

---

① 海德格尔.形而上学导论（新译本）［M］.王庆节，译.北京：商务印书馆，2017：162.

料却在初恋对象的畸形掠夺中丧命。《杀生三种》中的伍娟以温柔善良对待世间的一切，但换回的却是沉醉于赌博的无赖哥哥的化险为夷和自己的命丧黄泉。

但是，从死亡自为的逻辑先在性来说，死亡至少是可以被选择的。人具备终结自己生命的能力，人可以凭借意识的自我确认和意志的自我鉴定打破死亡的终极确定性，在自我选择的时空中接受死亡，彰显生命本真自在的强力。"人却是苍劲者，因为他不仅把他的本质带入如此理解的莽苍者之中，而且因为他从其早就而且大大习惯了的本乡界限里走出来，溜出来了，因为他作为强力行事着跨过了本乡的界限而且恰恰是向着制胜者的意义之下的莽苍方向走去。①"海德格尔的话语相对晦涩，但从整体上加以把握至少可以形成清晰的认知：死亡虽然难以避免，但至少可以自我选择。虽然带着浓郁的悲剧氛围，但依旧可以实现别样的超越。《皇后之死》《三重歌剧》《圣婴》虽然时空背景不同，人物情节各异，但都致力于展现母亲以自我生命终结的方式换取孩子的生命延续。虽然孩子最终的结局不难想象，但从这种极端方式的选取中，抵抗死亡催逼的生命强力得到淋漓尽致的彰显。

死亡对人来说之所以令人恐惧且神秘，是因为死亡超出了人类常规理性思维能力的范围。人类认知世界是借助意识的对象性能力，把某种客观存在对象化为思维中的观念，从而加以理性分析。"意识在任何时候都只能是意

---

① 海德格尔.形而上学导论（新译本）[M].王庆节，译.北京：商务印书馆，2017：154.

识到了的存在。"①如果人类不能将某种存在对象化，这种存在对人来说也就不具有存在的意义。而死亡恰恰是这样的神秘存在，人类找不到一个与之相对应可以加以对象化反思的存在。尸体只是死亡的客观结果，葬礼只是死亡的哀悼形式，墓碑只是死亡的精神寄托。所有与死亡相关的存在都只是某种相关的表现形式，但是找不到确切的死亡对象化存在。但这并不意味着死亡的不可感知，相反，从日常经验出发，任何一个智力健全的人都可以表达某种关于死亡的感受。那么，这种无对象化的死亡又如何被人类认知呢？因为人类有自由想象的能力，虽然在现实层面找不到与死亡直接对应的存在，但是在观念层面人类可以凭借想象的方式感知死亡的某种特征。然而这却不能成为人类把握死亡的坚实依据，因为想象带有明显的任意性与个人性特征，即便是同一个人在不同时空背景下的想象也不会完全一致，而这样一来导致的直接结果是死亡可以被随意判断，甚至视为家常便饭，因为想象不受任何限制，不能因为绝大多数人不会将死亡想象为家常便饭就独断地认为这种想象是错误的。正误的判断需要建立在经验可证实或证伪的前提之下，但是谁又能证实或证伪某种对死亡的想象呢？也正是源于此，死亡的可传达性被彻底否定，死亡本身也因此更加扑朔迷离。孙频的独到之处在于跳出死亡无法对象化的迷局。既然一方面死亡无法加以对象化认知，另一方面人借助想象可以在一定程度上实现对死亡形成某种共识性的观念，那么与其纠结于死亡本身的捉摸不定，不如关注死亡的情感检验，特别是死亡情感的对象化传

---

① 中共中央马克思恩格斯列宁斯大林著作编译局. 马克思恩格斯选集（第一卷）［M］. 北京：人民出版社，1995：30.

达——在死亡情感的对象化传达的形象化演绎中揭示死亡的本质性特征。因此，在《万兽之夜》中，孙频刻意营造与新年夜形成极大反差的恐怖氛围，充分揭示等待死亡的恐惧远远大于死亡的真正来临，从而实现对死亡恐惧体验深入骨髓的细腻呈现。在《一万种黎明》中，孙频将死亡压抑的长度和重量生动呈现。张银枝坐火车的持续往返言说着死亡压抑长度的永无止境，桑立明面对妻子的折磨讲述着死亡压抑的生命不能承受之重。《光辉岁月》中，孙频以梁姗姗反抗的限度与妥协的程度有机呈现了在死亡面前绝望的无边与救赎的无限。恐惧、压抑、绝望这三种与死亡密切相关的情感被孙频敏锐地捕捉，这些情感虽然不是死亡本身，但却是死亡导致的或者更为确切的说法是死亡情感对象化过程所触发的。由此，死亡的神秘面纱被孙频的魔幻笔触掀开了一角，读者通过这一细微的渠道感知既令人恐惧又令人"痴迷"的死亡真相。

在现实生活中，人们对死亡往往采取回避的态度，甚至忌讳与死亡相关的联想。如果有人随意谈论死亡则被视为教养缺乏的表现。这既根源于"未知生，焉知死"的传统文化基因，更暴露出对死亡本能恐惧的集体无意识。然而，人们又表现出对死亡的淡忘，仅从平均寿命的或近或远的展望中忘却死亡随时可能的降临。任何人都能理解死亡并非某种确定的时间预设而是偶然性的随机突发，但是出于有意或无意，在日常生活中没有人会把死亡视为悬临于头顶的利剑。相反，绝大多数人只有到了老年或重病之时才能突然意识到生命的短暂与脆弱。海德格尔敏锐地洞察到了这一点："何时死亡的不确定性与死亡的确定可知结伴同行。日常的向死存在赋予这种不确定性与确定性并以这种方式来说闪避这种不确定性。但赋予确定性却不会是意味着要去计算亡故这件事何时会碰到头上。此在反倒逃避这样一种确定性。日常操劳活动为自己把确知的死亡的不确定性确定下来的方法是：它把切近日常的诸种紧迫性与可能性推到死亡的不确定性前面来。"① 如果说哲学家是以概念的方式揭示世界本质的，文学家则借助于形象的方式演绎生命的真相。区别于"此在""先行领会"等晦涩概念，孙频以一系列普通人物的生命轨迹传达相似性的生命体悟。如果将《天体之诗》与《鲛在水中央》进行比照式阅读，就不难发现两部作品各自从一个方面揭示了人们在日常流俗观念影响下对死亡的非本真认知。《天体之诗》中的李小雁被诬陷为杀人犯是不争的事实，但随着时间的推移，在众口铄金的指责与三人成虎的传闻中，李小雁自己竟然也对事件的真相产生怀疑，甚至以病态的方式强迫自己相信自己就是杀人凶手。《鲛在水中央》中的梁海涛本为杀人凶犯，但在时间的点滴流逝中，他本人对杀人的记忆越来越模糊，甚至要反复回到抛尸现场，见到残缺的尸骨时才能确认自己杀了人。两人对死亡的认知在表层中有着巨大差异，而在深层中却极为相似。之所以差异巨大是源于一个看似正确的承认杀人，另一个看似错误的否认杀人；之所以极为相似是因为两人在涉及自身的重大死亡事件上的思想意识。略加考察则不难发现，这种极为相似的思想意识来源于他人的影响而非自我的反思。他们都是在周围人的他者视角中确认自我的，都是本能地按照他人所设定的角色展开行为，都是从他人的反馈中确定

---

① 海德格尔. 存在与时间：修订译本［M］. 陈嘉映，王庆节，译. 北京：生活·读书·新知三联书店，2014：296.

自我真实所作所为的坚实根据。因此，即便是面对死亡这一触目惊心的事件，他们也依旧习惯于从他人的评判中建构真相，依旧借助于外在的刺激而非本己性的体悟解释现实，特别是在时间的流逝中，自我的认知不断被他者的观念取代，最终彻底让位于普遍接受的看法，而非事实的真相。从这个意义上说，海德格尔的抽象晦涩与孙频的具体生动实现了对话，共同揭示人在现实世界中无法逃脱的悲剧性沉沦。

而孙频并没有满足于此，她不仅要将海德格尔所揭示的存在真理形象演绎，还要进一步将海德格尔向死而生的死亡超越加以诗意的言说。海德格尔认为面对非本真的日常沉沦，只有重新激起死亡的本己性意识才能真正领会死亡的本真，只有经得起死亡考验的生的领悟，才能真正意义上实现对死亡的超越。《去往澳大利亚的水手》的结尾有着非凡的意蕴，当历经沧桑洗礼和死亡恐怖威胁的宋书情与小调母亲泛舟河上，幻想着"沿着这条河一直划下去就可以到澳大利亚了"之时，这一颇具画面感的场景以人性的真诚涤除一切虚伪的道德说教，以生活的平淡消解世俗无谓的名利争夺，以情感的纯粹守望诗意的生命本真，一切世俗的东西都被祛除，一切虚假的东西都被扬弃，一切美好的东西都被保留，时间也随之永恒定格，也许这就是所谓的"诗意地栖居在大地之上"吧。

第三章 自我认知的现实焦虑

第一节　自我执迷的裂变

孙频的小说创作中无一不体现对自我的执迷。虽然多数作品采取第三人称的叙述方式，但所有作品的情节无一例外都是通过主人公的自我言说与心灵独白展开。自我执迷的呈现既是孙频打通虚构与现实界限的高超创作技巧，更是她对物化时代人类精神迷惘的敏锐洞察与生动揭示。在孙频笔下，几乎所有的主人公都是在自我的偏执中与外部世界产生不可消解的隔膜，在自我的迷恋中丧失与他者对话的渠道与可能，在自我的捍卫中孤独反抗灵魂的撕裂与精神的折磨。与专注于外部情节设置的引人入胜不同，孙频更善于在平淡和卑微中演绎内在心灵的裂变图景：在自我确证的病态渴望中彷徨迷失，在自我否定的持续绝望中痛心疾首，在自我救赎的彻底无望中醉生梦死，在自我体验的点滴希望中聆听守望。这种对自我的过分执迷在一定程度上记录了时代集体性的精神迷惘，有效透析了个体生命面临精神重压的扭曲与反抗。

一、自我确证的病态渴望

人与动物的根本区别在于人有意识，人能够意识到自己的当前存在并且可以展望未来。人在认识世界和改造世界的过程中必然伴随着自身的某些目的性，正是这些目的的实现构成人类自由体验的最初来源。因此，人类本能地具有自我确证的精神需求。而孙频笔下的人物则对自我确证有着超常态的需求，甚至裂变为某种病态的心理依赖，似乎只有在这种极端心理需求得到持续满足之后才能正常生存，否则将始终处于躁动不安和纠结焦灼之中。

"孙频素来拒绝安抚或试图掩饰人性中晦隐、丑陋、荒凉的情感，她的小说的情感外化过程格外细腻而直露，当情感修辞扩张了感官细节而与原本事物疏离龃龉时，与我们直面的生活事物似被披加了不甚合体的感官外套，由细节产生出的效果不只是非和谐的语体风格，不只是矮化了伟岸的权威者使之显现怪异荒唐的'本我'。"① 《醉长安》中的孟青提、《一万种黎明》的中的张银枝、《不速之客》中的纪米萍都以一种宗教般朝圣的虔诚一次次地长途跋涉，为的不是朝拜神圣的信仰，而是违反世俗的畸形虐恋。她们明知自己的行为不会收获任何结果，但却始终难以压抑内心的冲动，甚至随着时间的推移，这种冲动也随之加剧。她们在意的不是结果，而是在这一次次的自虐行为过程中对自我的确证。只有在这种病态的自我确证中，她们的生命才能得以维系。即便这种自我确证是虚幻的，她们却依旧趋之若鹜。诚然，她们的行为本身是非理性的，但残存的唯一一点理智时刻提醒着她们，自我是唯一可以依赖的对象，只有自我得到确证才能证明她们曾经真实存在。《自由故》《乱身》中的吕明月和常勇则以更为极端的方式追逐自我确证，甚至不惜以自残和放弃尊严为代价。她们对自我确证的病态渴望与其说是为了生

---

① 李蔚超. 再写女性——从"新女性写作专辑"论当代女性写作的性别意识与文化策略［J］. 中国现代文学研究丛刊，2020（7）：71-85.

存而表演，不如说是为了表演而生存。在她们的观念中，只有在表演时，自我才能够被确证，而只有自我被确证，才是真正意义上的生存，否则生存则丧失意义。换句话说，她们的生存本身就是一场表演，生存的目的和意义就是取得他者的认同以便收获自我的确证。一旦表演失去观众，她们就会陷入难以忍受的精神折磨之中，为了摆脱这种折磨，她们本能地选择以更为极端的方式表演，从而陷入恶性循环：为了自我确证而自我摧残，而自我摧残的升级又不断加剧自我确证的病态渴望。

那么，孙频笔下的人物为何如此迫切地需要自我确证的心理满足呢？这根源于他们自我意识的不完善。严格意义上的自我意识是把自我作为对象的心理能力，"是关于对象意识的意识，是意识到对象意识的意识，是把握和反省对象意识的意识，通俗地说，是'觉其所觉''知其所知''想其所想''思其所思'的意识"①。而自我意识之所以能把自己作为对象来看待，是因为自我是一个完全独立的自我，是一个创造性的自我。"意识在任何时候都只能是被意识到的存在"②。世界是在"我"的创造之下的世界，"我"是理解世界与"我"自身的唯一尺度，作为非我的对象是"我"之外的某种存在，是在"我"与外部世界发生关系，特别是否定性关系的结果。因此，人只有具备自我意识才能具备对象意识，也才能以对象的方式观照自我。人的独异之处在于人可以在自我与外部世界的关系性中不断自我塑造、自我创

---

① 孙正聿.哲学通论［M］.上海：复旦大学出版社，2016：24.

② 中共中央马克思恩格斯列宁斯大林著作编译局.马克思恩格斯选集（第一卷）［M］.北京：人民出版社，1995：30.

造。"动物只是按照它所属的那个物种的尺度和需要来进行塑造，而人则懂得按照任何物种的尺度来进行生产，并且随时随地都能用内在固有的尺度来衡量对象；所以，人也按照美的规律来塑造。"①正是因为人具有"内在固有的尺度"，人才成其为人，或者更为确切的说法是人才可以成为自己想成为的人。而孙频笔下人物的自我意识是残缺的，只具有借助对象观照自我的能力，却丧失"用内在固有尺度来衡量对象"的能力。这样一来，自我就不再是克服非我矛盾的创造性生成，而是衰弱为只能单方面依赖他者来确定自我的身份认同。自我也不再具有主体性与创造性，只能被动地接受他者的角色指定与位置分配。《光辉岁月》中的梁帅帅与梁姗姗兄妹是这种自我意识残缺的典型代表。虽然二人的人生际遇和精神图景截然不同，作者的倾向性也呈现明显的差异，但二人在本质上是相同的。无论是"讨好型"的梁帅帅还是"反抗型"的梁姗姗，都是在自我意识残缺支配下的本能反应。梁帅帅在无以复加的妥协退让中渴求他人的接受与梁姗姗在义无反顾的精神守望中追逐社会的认同本质上都是自我确证得不到满足的心理畸变。他们的自我意识只残存着自我迫切被他者确证的渴望，但却丧失了自我确证对象的主体性与创造性。也正是源于此，他们越是渴望接近他者实现自我确证，自我确证实现的可能性越是微弱。这一点在《半面妆》中被孙频渲染到了极致。到底是什么驱使姐姐可以为了弟弟的前途而不顾肉体与精神的双重摧残？较为有力的解释应该是姐姐残缺的自我意识。她不会用自我的价值与标准衡量自我与

① 马克思. 1844年经济学哲学手稿［M］. 中共中央马克思恩格斯列宁斯大林著作编译局，编译. 北京：人民出版社，2018年：50–51.

外部世界，相反只能以外部世界的价值与标准衡量自我，只会从他者的眼光中审视自我，却从来不会用自己的眼睛审视自己。因此，弟弟的生命就是她的生命，弟弟的前途就是她的前途，她的人格可以被践踏得不值一提，弟弟的名誉却万万不能受损。姐姐以生命的消耗作为动力支撑弟弟的飞黄腾达本身具有十足的悲剧性，而更具悲剧意味的则是姐姐终其一生将自我让渡给弟弟而不自知。如果说弟弟是在利欲熏心的人性沦丧中追逐自我确证的话，那么姐姐则是在弟弟飞黄腾达的光环中实现自我的虚幻确证。

另外，自我意识的残缺极易导致自我确证的焦虑，甚至引发行为怪异、心理变态、带有攻击性等极端行为。这其中的逻辑线索十分清晰：自我确证的渴望不断催逼着人们通过各种方式加以实现，当所有努力都被宣告失败，自我确证的渴望终究难以被满足之时，人们就只能以极端性的行为来博取世人的眼球，在自欺欺人的虚幻场景中获得精神危机的暂时缓解和自我身份的畸形确立。但是，自我确证的不满足不会自行消解，相反会在不断地压抑中膨胀裂变，最终以极端性的方式爆发。被压抑的时间越长，爆发的方式越极端。孙频笔下的主人公要么是以边缘角色的选择和肉体的自我摧残追逐自我确证，要么是在精神的自我麻痹中营造自我确证的迷梦。《乩身》中的常勇之所以以中性的姿态示人并非她已经完全丧失女性的心理特质，而是只有在非常态的外衣包裹之下，她才能获得普通人的起码尊重。《月亮之血》中的尹来燕在铁厂工作中丝毫不畏惧烫伤，甚至将伤口作为欣赏的对象，她并非感受不到肉体的疼痛，而是只有感受到肉体的疼痛之时才能意识到自己的真实存在。《海棠之夜》中的女孩主动选择被流氓侵犯，并非她意识不到这种选择对自己的严重伤害，而是她清醒地知道在自己被侵犯的同时有另一双眼睛在注视着她，而这种被注视的快感远远胜于被侵犯的痛苦。所有这些形象之所以一意孤行地主动选择极端的自虐，是因为她们在正常的状态之下无法受到本应获得的理解与尊重，只有以怪异、极端的方式示人，才能一方面在病态的肉体快感中暂时遗忘被无视的绝望，另一方面在扭曲的精神堕落中安抚受伤已久的灵魂。在《假面》的结尾，李正仪之所以出乎意料地杀死自己的同学正是因为忍辱负重已久的他再也难以承受自己精心制造的"假面"被撕下的窘迫与羞愧。他的这种攻击性行为既是自我确证失败的本能排斥，也是对自我确证的最后捍卫，与其说是自我确证的渴望诱发人性的裂变，不如说人性本身就是在自我确证的过程中不断创化生成的，只不过自我确证并不总是在人类普遍认同的理性设计中展开，边缘性经验和差异性的自我确证更需要理解与关爱。正如孙频自己所言："我们唯一能做的，仍然是如何认真地、艰难地、顽强地把我们这一生过好过完，尽自己最大努力地去做一个有尊严、有爱也被尊重、被爱的人，便是我们一生生生不息的目标和动力。人是多么可怜，又是多么可敬……当我开始写小说的时候，我总是试图去写我看到的那些散布在这世间的各个角落里的人，那些最卑微、最真实、最有韧性的人。我无法为他们做什么，我不能拯救他们于水深火热，我不能施舍钱财让他们远离贫寒，我不能和他们在一起围着篝火载歌载舞乐而忘忧，我甚至不能当着人来人往给他们一个真诚的拥抱，我只是一个作家，我唯一能做的，就是把他们写进小说，给予他们一个小说的世界，给予他们一种艺术世界的爱与眼泪。"①

二、自我否定的持续绝望

如前文所述，自我确证的渴望是人皆有之的，成为病态则是因为从未得到满足。需要指出的是，"从未满足"并非事实意义上的，而是体验意义上的。所谓"体验"是指从内在心灵出发对自我生存状态的判断，这种判断也许会与常规的认知迥异，甚至是某种非真实的虚构，但从体验者的角度来看却是最为真实的存在。这也正是孙频笔下众多人物行为怪异不被他人理解的根本原因所在。他们从畸形的自我意识出发，始终执迷于对自我的某种理想设定，并沉醉于这种虚幻的自我梦境中不能自拔，但残酷的现实又总是一再打碎这种理想的幻象迫使其一次次正视现实中不堪的自我，不断加剧对真实自我的厌恶，为了逃避现实的残酷，他们唯一能够借助的只能是理想中自我的虚假光晕，再一次沉醉其中，从而陷入自我否定的反复循环：因不满而想象，因想象而不满，唯一伴随这一过程始终的自然是持续的无奈与绝望。为了将自我否定持续绝望的心灵状态与极端体验真实再现，孙频匠心独运地在理想与现实相互交替、欲望与理智此消彼长和反抗与妥协殊途同归的微妙场景中展开生动的演绎。

首先，孙频笔下的人物之所以难以摆脱精神危机的折磨是因为无论在理想中还是在现实中，他们始终处于自我否定之中。试想，任何一个自我否定

---

① 孙频. 盐［M］. 北京：北京联合出版公司，2017：366–367.

者的心灵状态是无论如何也不会平静安稳的。在《瞳中人》中，余亚静以回顾恋爱史的方式约会曾经的诸多男友，这些男人虽然在身份、年龄、外貌、性格等方面存在诸多差异，但都难以满足余亚静对理想恋爱对象的要求，无论是过去还是现在，这些或优秀或平庸或侃侃而谈或沉默不语的男人都与余亚静的理想相去甚远。虽然她明知自己的理想在现实中不可能达成，但越是这样，她越难以抑制执着于理想的冲动，越难以从现实出发接受理想与现实的和解。但这种执着的代价却是纠缠始终的绝望。正是因为对现实的不满，余亚静才热衷于理想，而理想反差之下的现实则更加难以被接受，因而进一步加剧她对理想的执迷，而越是执迷于理想，与现实的差距自然就越大，对现实的失望就越强烈，当反复体验这种几近无解的持续自我否定之后，对一切丧失信心的绝望就自然成为余亚静永恒且唯一的心境。

　　然而孙频并没有满足于此，她还要进一步挖掘出这种绝望心境深层次的矛盾纠结与疼痛撕裂。这一点集中体现在她对人物内心欲望与理想此消彼长的深刻揭示中。《同屋记》中的张柳与《异香》中的卫瑜都是受过高等教育的知识女性，都懂得应该在理性的规约下营造幸福的生活。因此她们虽然饱尝物质匮乏的压迫与折磨，但始终致力于成为一个"精神贵族"，强迫自己在精神的满足中对抗生活拮据的窘境，并反复提醒自己可以凭借理想的执着超越世俗的羁绊。但现实却是残酷的，当自身基本生存需求得不到起码的满足成为常态，当灯红酒绿的物欲放纵一次次刺激异常敏感的神经，当周围人以各种各样的方式摆脱生活的桎梏之时，任何理智的抗争都是脆弱无力的，任何理性的憧憬都被视为欺骗的谎言。因此，她们也在生活的重压之下学会了妥协，也逐渐放弃了有名无实的理想憧憬，转而追逐物欲横流的满足。如果仅仅停留于此，似乎只触及了物化时代理想失落的真实写照，孙频的深刻之处在于她没有止步于此，而是进一步指出物欲的满足不会从根本上消解以张柳、卫瑜为代表的女性精神危机，相反会以触底反弹的方式进一步加剧。当她们在欲望放纵的狂欢之时，并没有彻底沉浸其中，却总是出现某种莫名其妙的声音时刻提醒她们感官的刺激终究是虚妄的，从而极大地削弱了物欲放纵带来的快感。这个莫名其妙的声音就是女性知识分子的自我身份设定，即使她们已经对理想失去信心，但却难以真正忘却，更抵挡不了理想憧憬的持续诱惑。她们可以无视自甘堕落的羞愧，可以漠视他人鄙夷的眼光，但唯独抗拒不了对理想生活的期盼。正是这种自我身份设定，决定了她们一方面迫切需要在物欲的满足中体验自我放纵的畸形快感，另一方面又极为厌恶自我放纵的妥协和虚无。正是出于对现实的失望，她们被迫放弃曾经的自我坚守，转而沉溺于自我放纵的感官刺激，也是出于对感官刺激的厌恶与拒绝，构成她们无边的绝望和难以名状的虚无感。在这一过程中，欲望和理智以此消彼长的方式相互否定且持续交替，给她们心灵留下的是始终难以抚慰的精神创伤和无法超越的空虚绝望。

如果说理想与现实的相互交替是自我否定持续绝望的外在表现，欲望与理智的此消彼长是自我否定持续绝望的内在结构，那么反抗与妥协的殊途同归则是自我否定持续绝望的自我执迷悲剧本源。孙频在笔下人物坎坷命运特别是精神困境难以超越的揭示中发现，无论对现实认同与否，无论对自我是否执着，她们终究难以逃脱被掌握的宿命，生命一刻也未曾真正意义上属于自我。这种被他者左右的无力感与无奈感集中于反抗与妥协殊途同归的现实悲剧命运之上。《疼痛的探戈》中的贺明月始终生活在父亲卑怯的阴影之下，她通过自身的不断努力实现社会身份的根本改变，甚至可以在娴熟的情感操纵中不断提升自身的价值，但她始终摆脱不了父亲那饱受欺凌且深入骨髓的卑微，更不会在享受男人的追捧时忘却自己不堪的童年。她终其一生都在反抗，没有妥协于自己的出身，但最终依旧战胜不了自己的内心。从某种意义上说，她的反抗本身就是一种妥协，而妥协也是异化形式的反抗，但无论反抗还是妥协，自我丧失的疼痛与自我厌恶的绝望则伴随始终。反抗并不能带来真正意义上的改变，妥协也不能换来真正意义上的和解。无论选择何种形式，结局注定是悲剧。这一点几乎构成孙频创作的永恒母题。《疼痛的探戈》《琴瑟无端》《凌波渡》等作品的阅读体验是极其压抑的，甚至随着情节的推进，窒息之感不断加剧，究其根源，则在于贯穿孙频作品始终的悲凉气息与绝望体验。无论主人公以何种方式抵抗世事的艰辛与命运的无常，其结局无一例外的都是失败。无论他们是反抗还是妥协，最终的结果都是毋庸置疑的绝望。正是在这种宿命般的安排和结构性的预设中，孙频笔下的人物始终挣扎于自我否定的泥淖之中难以自拔，徘徊于梦想破碎的绝望之中难以拯救，这既是自我执迷困境的生动演绎，更是自我认知的哲学思辨。

三、自我拯救的彻底无望

自我确证的病态渴望与自我否定的持续绝望导致的最终结果自然是自我拯救的彻底无望。这一方面源于外部世界的难以掌握所形成的强烈压迫感一再吞噬孙频笔下人物最后的生存空间，另一方面源于他们普遍性的自我执迷及其僵化思维方式。出于对自我的执迷，他们始终以非此即彼的思维方式认知自我和世界，而这导致的直接结果就是陷入理想自我或功利自我的极端偏执。要么从理想的健全人性超越中排斥一切身体感性，压抑本能的生命冲动；要么从动物性的欲壑难平中拒绝任何精神性的追求。无论是执迷于前者还是后者，都绝非健康的自我确证，相反会将自我确证的追求导向自我毁灭的危险边缘。因为在理想自我和功利自我的偏执中，既难以真正意义上守望神圣，更无法完全接受沉沦。唯一的结果是在自我拯救的彻底无望中自我否定和自我摧毁。对二者任何一方的偏执不仅不会构成改变现实的积极心理动力，更不会成为抚慰心灵创伤的精神慰藉，相反只会成为某种外在的强制束缚，限制自我的开拓与解放。

《绣楼里的女人》以众多女性人物的悲剧命运展示难以逃避的自我执迷所引发的自我摧残与自我毁灭。她们都是在摆脱当前束缚的执念中造成对自我与他人的双重伤害。继母为了逃避不能生育的绝望与恐惧，只能选择在溺爱继子和虐待继女的病态行为中维系她自认为的安全。贺红雨在屡次想生男孩而未得偿所愿之后竟对刚出生的女儿痛下杀手也源于自我价值确证失败后的矛盾转嫁。从今日的视角来看，生男生女本无可厚非，但在贺红雨的观念中，不仅无法实现超越继母的执念，成为众人嘲笑指摘的对象，更彻底丧失了存在的价值与意义。她不会意识到生儿育女只是她的家庭责任，但绝非她生命的全部，更构不成她自我确证的对象。她唯一能做的似乎只有在自我的病态偏执中亲手制造自己和他人的多重悲剧。在《最后的罂粟》中，三姐妹的相继离世并不只是命途多舛的艰辛与磨难，更源于她们自我精神的幻灭。大姐是在自我牺牲不被认同的绝望中走向生命的终结，二姐是在家庭被置换的无奈与愤恨中延续微弱的生命，小妹则是在自我被世界遗弃的苦闷中消退生命的热度。她们三人都为了执迷于自我做出不被世人所容的选择，又在做出这种选择之后孤独地承受其所带来的恶果。在这里，对自我的执迷既是她们悲剧命运的起点，也是终点；既是她们自我拯救的救命稻草，又是她们苦难的罪魁祸首。因此，她们除了自我拯救的无望再无第二种可能。我们可以对《鲛在水中央》和《松林夜宴图》进行比照性阅读。前者致力于告别昨日之我的自我流放；后者专注于追逐今日之我的自我建构。但无论是前者还是后者，都实现不了真正意义上的自我拯救，更完成不了理想中的现实超越。前者在穿西服、读古籍的矫揉造作中始终掩盖不了文化缺失的痼疾；后者在艺术梦想的坚守中依旧洗涤不净如影随形的乡土气息。二者都在拼命地自我塑造，都迫切地希望获得他者的接受与认同，但无一例外的不是以失败告终。之所以失败并非世界对他们的拒绝，而是他们自我拯救的方式存在问题。真正意义上的自我创造应该是在自我与世界的相互作用和相互影响中完成的，绝非在某种固定僵化观念支配下的生搬硬套，更不是以自我虚设的某种执念自我摧毁。"人在自我创造中制约自身，发展自身。人在自己活动的结果中理解自己、生成自己，并在此基础上开始新的创造过程，从而发展自己。"[①]正是因为欠缺这样的生命觉解，限制了孙频笔下人物的自我拯救，也

---

① 孙利天.让马克思主义哲学说中国话［M］.武汉：武汉大学出版社，2010：121.

加剧了他们自我超越的精神危机，迫使他们禁锢在自己营造的孤独绝望中难以自拔。

四、自我体验的点滴希望

孙频在对自我执迷的极致化描摹中生动揭示了现代人普遍承受的心灵困境和精神危机，特别是对那些被病态偏执折磨到生命终结的残忍叙事，可能让人彻底丧失超越困境的希望。那么，孙频对苦难和血泪的迷恋是否也是一种偏执，是否存在浇灭一切希望火种的虚无主义倾向？答案自然是否定的。孙频之所以对生命悲剧乐此不疲地执着，之所以在创作中反复渲染精神困境的绝望除了是对现实中真实存在的艺术浓缩，更源于她对自己创作的认知与定位："在这个世上，其实没有人不疼痛，没有一种生活不疼痛。我如此关注人的疼痛，人心的疼痛，那是因为它是人的恒久存在状态之一，是人永远不能抛弃也无法战胜的一种状态，它将与我们一生如影随形。我们的疼痛可能源自对自我的渺小和软弱的忽然清醒，可能是因为忽然触及到了某种耻辱的极限，而在感知到这种极限的同时，在这疼痛的极限处，我们却开始感到一种莫大的享受。这种疼痛还可能是因为在受苦太多之后，我们忽然有了一种对苦难的渴求，我们把疾病和苦难当命运来爱，就如同我们对待危险和罪恶那样。有一天我们开始明白，在这个世界上，人只有通过痛苦才能去爱。"[①]在叙述中不难发现，孙频始终致力于为普遍概念与大众认知遮蔽下的

---

① 孙频.疼［M］.北京：北京联合出版公司，2016：281–282.

边缘弱势群体代言，致力于揭示那些真实存在却被多数人忽略的生命焦虑和灵魂疼痛。这些苦难灵魂的挣扎与反抗、彷徨与迷失、矛盾与纠结之所以不应该被忽略和遗忘，不仅仅是因为对他们应该给予必要的理解和尊重，更在于他们的心路历程和情感体验绝非个人性的或边缘性的。相反，他们所经历的精神折磨和灵魂撕裂是人类性的，读者能够对其产生强烈情感共鸣是最佳的证明。但是，孙频专注于苦难和血泪的呈现并非为了博取读者的怜悯与同情，而是为了对抗现代社会普遍存在的情感麻木，特别是那些人们自己都意识不到的生命本能僵化和身体感性钝化。

如今，人们越来越相信科技的力量，越来越认同将自己的全部纳入科学的衡量与规训之中。虽然不能否认科技的进步促进了人类社会的极大繁荣，最大限度地满足了人类的各种便利需求，但在这一过程中，科技本身也成为新的带有专制色彩的权威，束缚人类的生命本能、限制人类的身体感性。当科技成为人们普遍认同的权威之后，一些有悖于科技的观念与行为自然不可避免地招致批判与拒斥。人们也不断努力适应科技的需求，甚至有人不断让渡自己的权利，放弃自己的真实需求和内心感受。马克思对"生产工艺学"的批判、对"无人身的理性"的质疑，海德格尔对"技术座架"的反思，福柯对无处不在的权力的焦虑都在各自的理论体系中深刻揭示了现代人的生存状态。如果说哲学家将对现实的批判凝结于理论的创造与思辨的话，那么文学家则致力于将现实的体验投射到鲜活生命形象的激活与塑造。这一点孙频在创作中做到了。贯穿其全部作品的与其说是巧妙的构思，不如说是生命的鲜活体验，特别是从自我出发的情感波动和灵魂震撼。孙频借助于生命体验的鲜活和身体感性的真实对抗自我确证的危机，超越自我否定的绝望。她将自我拯救的希望寄托于自我生命的真实体验，拒绝一切对自我生命的压抑与束缚，她相信只有在自我体验的真实性与对他者经验感同身受的共同作用下，人类才能相互理解和包容，人类被压抑和遮蔽的生命本真才能最大限度地被自由释放，人类自我执迷的矛盾与纠结才能从根本被克服，人类的未来才能超越失望与绝望，重获希望。

第二节 自我分裂的痛苦

在《棣棠之约》中，孙频通过三个主人公人生境遇和精神图景的生动呈现，揭示现代生活中人类普遍存在的，在理想主义、世俗功利和平凡生活之间的艰难抉择以及三者难以平衡所催生的精神危机。从人文关怀的立场出发，孙频通过形象化的演绎探索超越这一精神困境的可能方式：在理想的守望中赋予现实希望，在欲望的正视中肯定尘世的合理存在，在平凡生活的热爱中保持生命原初的旺盛，即始终维系体验的鲜活性和感觉的真实性。在孙频看来，只有始终保持生命本应具有的真实体验能力，才能把握世界的本来面目，也才能真正驱散幻灭感的迷雾，重新唤起正视现实的勇气，点亮直面生活的希望。

一、现实的差异

《棣棠之约》中的三个主人公代表着三种完全不同的认知与价值取向。虽然他们有着共同的教育背景和相似的工作经历，甚至在青年时期都对诗有着忘我般的执迷，但在各自的生命展开中呈现出没有任何交叉的平行轨迹。戴南行在理想的守望中将诗意的自由推向极致，桑小军在世俗的诱惑下沦为功利主义的附庸，赵志平在平凡生活的认同与接受中维系平淡如水的生活。

　　戴南行以身体力行的方式践行着诗人的纯粹理想主义，不仅将诗歌的创作与欣赏视为生命的唯一，而且始终保持对这一信念的坚定不移，甚至在某种程度上上升为宗教般的虔诚信仰。他不仅在诗意性的执迷中找到自我价值确认的最佳方式，而且在理想性的守望中忘却现实生活的蝇营狗苟，完全沉浸于自我创造的自由精神王国之中。在戴南行的观念认知中，诗意性的审美是世界上唯一有价值的存在，性灵的自由是生命中唯一努力的方向，自在的圆融是一切存在的前提，灵魂的慰藉是终极的目标。因此，从本质上说，戴南行是世俗生活中始终保持赤子之心的少数派，甚至是为数不多的极少数。

　　"人生而有之的身心构造不是一切。这种构造只是他的全部实在的一部分。我们仅仅询问人的身心品质，我们就不能理解他。除了研究身心品质之外，还应该研究他在客观精神中的根；除了研究他生而有之的自然品质外，还应研究文化制约作用——只有这样我们才能完全理解他。"①正是因为他本能地将诗意的追求视为生命的全部，所以与普通人相比，戴南行对美有着常人无法想象，更难以理解的病态般的执迷。之所以是无法想象的，是因为从世俗立场出发只会陷入功利主义的计算和肉体欲望满足的贪婪，完全体会不到戴南行在寄情山水之间获得的精神满足，更想象不出在诗兴的迸发瞬间会产生何种神游天外的高峰体验。之所以是难以理解的，是因为从世俗标准的评判体系出发，任何没有实质性效益的行为都是毫无意义的奢侈品，都是生命的白白浪费。而戴南行对诗歌的执迷恰恰是最不具有生产性的，最不能带来

---

① 兰德曼.哲学人类学［M］.张乐天，译.上海：上海译文出版社，1988：218.

直接现实利益的。因此，戴南行在现实中很难找到真正意义上的知音，他最为珍视的生命尊严在旁人眼中不过是虚幻的想象，他最为渴望的审美自由在旁人看来不过是逃避现实的自欺欺人，他最为痴迷的灵魂拯救在旁人看来是毫无意义的胡言乱语，他最为敬畏的天地境界在旁人看来无非是自我感动的幼稚行为。也正是源于此，纯粹理想主义的戴南行在现实生活中自然是举步维艰的，不仅要承受由他人不解、漠视和轻蔑构成的复杂眼光，而且无法摆脱物质生活的持续催逼和挤压。虽然戴南行可以在生命意志的自由言说中对抗世俗评判的侵扰，可以在理想境界的守望中遗忘现实中的无奈和悲哀，可以在生命韵律的自由展开中超越沉重肉身的沉沦倾向，可以在审美体验的自由创造中摆脱世俗欲望的纠缠，但他却始终无法回避自己是一个人的现实。只要是一个人就不能不正视基本的生存需要，就不能凭借纯粹的精神满足否定客观的物质依赖。可以肯定的是，如果没有桑小军和赵志平的帮助，戴南行连基本的生存都难以维系。孙频通过戴南行这一形象，深刻揭示出审美自由的精神理想的双重向度。一方面，审美自由的精神理想是超越现实束缚的最佳武器，只有在自由审美的理想召唤之下，现实的沉重才能得以消解，世俗的苦闷才能获得救赎。也只有在审美自由理想的不断实现过程中，人类才算是真正意义上洗涤掉动物性的欲望，创造属于人类的价值与尊严。另一方面，审美自由的精神理想在现实中却呈现出彻底的失效，不仅不能带来任何实质性的物质满足，而且面对基本生存需求的催逼完全无能为力。戴南行虽然可以在写诗中寄情山水、皈依自然，但却无法抵御饥饿感的时时压迫。戴南行虽然可以在读诗中神游天外、物我两忘，但却难以实现安身之所的自动生成。换句话说，戴南行承载着肉体与灵魂、物质与精神、理想与现实、崇高与平庸的天然矛盾。虽然他的本能倾向是精神的自由，但却无法在现实中予以真正的捍卫；虽然他的追求是灵魂的拯救，但却难以完成真正意义上的实现；虽然他的渴望是审美的超越，但却无论怎样都逃脱不了客观现实的局限与尘世的喧嚣。孙频通过戴南行这一人物形象所面临的精神困境和现实矛盾，成功切入人类永恒的文化难题：肉体与灵魂尖锐对立和相互否定。"人类思想的悲剧性历史，根本就是理性与生命之间的斗争的历史：理性固执地要把生命理性化，并且强迫生命屈从于那不可避免的最后死亡，而生命却执意要把理性生命化，而且强迫理性为生命的欲望提供支持。"①一方面；没有灵魂的肉体是不可想象的，一旦肉体丧失灵魂的强力支撑，必然沦为追逐欲望满足的行尸走肉。任何保留一丝理性的人都不会自愿陷入精神抽离的牢笼之中。另一方面，纯粹的精神自由又是不可能的。肉体不仅是精神的物质性支撑，而且精神自由的实现需要在对象化的肉体中完成，没有所谓的脱离肉身的自由，即便有，也仅仅是一种理想主义的憧憬或虚无主义的幻想。精神自由存在与可能的前提恰恰是对肉身局限的超越，抽离掉作为前提的肉身，精神自由的超越性也就失去了意义。如果说戴南行终其一生践行着理想主义的坚守，拒绝任何形式的沉沦，那么对其人生价值的评判则自然呈现出两种截然相反的对立：从理想主义的视域出发，戴南行无疑是捍卫诗意理想的英雄，用生命浇灌濒临干枯的心灵的勇气和无畏值得任何人尊重和敬畏。从世

---

① 乌纳穆诺. 生命的悲剧意识［M］. 段继承，译. 广州：花城出版社，2007：143–144.

俗的标准评判来看，戴南行无疑是彻彻底底的失败者，不仅生活过得一塌糊涂，而且连基本的生活保障都需要依靠他人。因此，问题不在于何种评判标准是正确的，而是在现实生活中实现二者的统一。偏执于其中任何一方似乎都不是最佳选择，但问题恰恰在于没有所谓将二者统一的折中可能。处于现实生活中的芸芸众生只能在戴南行与非戴南行之间作出选择。也正是基于此，戴南行的文化意义远远大于其具体形象本身，从其有限的生存境遇和精神图景中开掘出无限的文化反思突显出孙频力透纸背的功力。

　　如果说戴南行是理想主义的捍卫者，桑小军则是世俗主义的遵循者。与戴南行始终坚守诗人的身份截然相反，桑小军主动放弃了诗人的理想主义，在潮流的顺应中成功完成从诗人到商人的身份转换。身份的转换不仅意味着桑小军的观念认知发生根本性的裂变，而且带来了物质生活的极大满足。与戴南行的穷困潦倒形成鲜明对比，成为商人的桑小军不仅不再为基本的生存保障忧虑，而且过上了令人羡慕的奢侈生活，甚至在挥金如土的豪横和极端的纵欲表演中体验到曾经作为诗人无法获得的心理满足。孙频的深刻之处在于，她并没有将桑小军塑造为经济转型过程中偶然发达的"土豪"，而是反复强调其曾经的诗人身份，特别是在与戴南行和赵志平的生命交叉中流露出桑小军不易被人觉察的妥协与不甘。所谓妥协是指桑小军在时代的巨变中清醒地意识到诗人理想的局限，理智地放弃了理想主义的坚守，转向认同皈依世俗的规范原则，竭尽所能地将自己改造成为符合市场逻辑要求的商人，主动放弃曾经视为最高价值的尊严和自由，积极拥抱财富积累带来的物质享受与精神满足。换句话说，桑小军是以身份转换的方式换取世俗意义上的成功，从向往精神高贵的诗人转向追逐现实利益的商人，从理想的自觉守望转向对现实的主动皈依，从自我价值的捍卫转向他者利益的满足。经历牢狱之苦的桑小军充分意识到，诗人的热情并不能带来任何改变，相反会招致世俗的冷嘲热讽。积累财富之后的桑小军更加在事实层面确认了这一判断：诗人的自由与尊严仅局限于自我意识的单方面认同和少数志同道合之士的苍白仰慕，不仅自身不具备任何实质性的价值，而且根本无法维系现实生存需求的基本满足。只有拥有可以被纳入计算、可以作为衡量标准的财富，才不仅在事实层面，而且在逻辑层面获得自尊心甚至虚荣心的极大满足。所谓不甘是指桑小军虽然主动选择与戴南行完全相反的人生轨迹，放弃了昔日诗人的身份属性，但他并没有彻底遗忘诗人的梦想，只是将其掩埋在内心的深处，竭尽全力地压制，却从未想真正遗忘。否则他不会始终维系着与戴南行和赵志平的友谊，更不会将三人的友谊视为最珍贵的生命财富。商人的外衣是他迫于生存压力穿上的，但他内心真正向往的却是"戴南行式"的诗意人生。因此，即便拥有了财富，获得他人仰慕的桑小军始终是不甘心的。他有着摒弃现有一切财富与戴南行一道投身理想主义的自由追逐之中的强烈冲动，只是残存的理智压抑了这一生命的本能冲动。但越是压抑，越使这种冲动变得强烈。因此，桑小军的内心始终是难以平静的。现实的妥协要求他必须放弃虚幻的诗人理想，内心的不甘又迫使他难以承受精神无家可归的痛苦与撕裂。如果说戴南行始终执着于理想主义的坚守，赵志平满足于平凡生活的岁月安好，桑小军则承受着比他们二人更为深重的精神内耗。财富光环背后是昔日理想的被迫遗忘与自我阉割。因此，桑小军有着无法言说的悲哀。如果说戴南行以理想主义的批判姿态质疑一切，赵志平以拥抱平凡生活的热情享受家庭温馨，桑小军则完全没有任何情绪宣泄的渠道与自我精神确证的方式。孙频借助桑小军这一形象生动揭示了现代人普遍遭遇的理想与现实相互否定的精神危机。一方面，理想的完美性总是对现实的非完美性构成强烈的冲击，愈发映衬出现实生存境遇的庸俗与不堪。另一方面，现实的难以改变令一些曾经执着于理想的人撞得头破血流，且不得不在屡战屡败中被迫承认理想的幼稚与可笑，甚至主动告别昔日的那个保留赤子之心的单纯的自己。需要指出的是，这种精神危机之所以难以超越是因为在这种相互的否定过程中，人们很难找到一个适合自己的平衡点，理想的现实化与现实的理想化只能停留于纯粹的学理想象，在现实的生活中几乎不具备任何展开的可能。因此，始终处于精神危机之中的桑小军只有两种缓解精神压力的方式：在理想的回味中暂时遗忘现实生活的平庸，在及时行乐的自我麻痹中片刻抵御理想的召唤与催逼。前者有效解释了为何桑小军始终保持与赵志平在廉价小酒馆的欢聚，后者充分说明了作为成功商人的桑小军为何总有醉生梦死的倾向。

如果说戴南行以生命的最终毁灭悲壮地诠释了理想主义的局限，那么桑小军则以无法超越的精神危机凄凉地演绎了享乐主义的虚无。从世俗的评判标准出发，多数人会本能地拒绝"戴南行式"的精神苦旅、拥抱"桑小军式"的肉体满足。他们之所以会一致性地选择后者，除了生命本能的驱动，更在于低估了桑小军的精神危机。他们仅仅能够意识到坚守理想的现实困境，却完全无法想象接受现实的无尽悲哀。因此，桑小军这个形象的价值不仅在于前文所述的符号隐喻，更在于其代表了利益驱动之下集体无意识的潜在风险。站在道德制高点批判"桑小军式"的堕落是易如反掌的，但对精神困境无法超越的感同身受与怜悯共情则是异常艰难的。纵观孙频的全部创作，几乎见不到任何道德说教和行为指导，相反总是在灵魂深处的共鸣中启迪读者在深入骨髓的自我反思中认清思维的误区与局限。

　　戴南行与桑小军代表了理想主义和享乐主义的两个极端，赵志平则是现实生活中大多数平凡人的典型代表。"赵志平式"的人生轨迹之所以是多数人的选择，一方面是因为相较于理想主义的狂飙突进和享乐主义的醉生梦死，平凡是最具安全性的。维系生命的本能驱使绝大多数人将安全视为第一要务，拒绝任何形式的跌宕起伏。在平凡人看来，理想主义的执迷与享乐主义的沉沦都是极为奢侈的，更带有不可避免的危险性，在随时可能降临的毁灭性打击面前，任何打破平凡生活的冲动都是必须禁止的，只有稳定性才最具价值，也更需要守护。因此，赵志平代表了平凡的大多数人。正是基于对这种安全和稳定性的执迷，作为平凡人的赵志平相较于戴南行和桑小军似乎没有任何值得大书特书之处，存在感最低，最容易被忽略和遗忘。因此，赵志平自然最适宜作为故事的讲述者，却永远无法成为戏中人。风云际会的波诡云谲不会发生在他身上，生命绽放过程的斑斓色彩也几乎与他无关。但这并不意味着可以直接忽略赵志平的存在意义，更不能将其视为可有可无的透明人。究其原因，则在于赵志平身上同样具有无法超越的悲剧性，其悲剧程度完全不亚于戴南行与桑小军，只不过具体呈现方式不同而已。多数人被赵志平的平凡所误导，只关注戴南行与桑小军的灵魂撕裂与精神创伤，却忽略了赵志平身上承载着大多数平凡人共同经历的悲哀与无奈。如果说戴南行的悲剧是一种理想悲剧，桑小军的悲剧是一种现实悲剧，那么赵志平则是一种生存悲剧。所谓理想悲剧是指悲剧主人公在理想的追逐过程中无论怎样努力最终仍不免失败的悲剧。悲剧主人公的英雄主义情结在宿命般的毁灭中彰显出强劲的悲剧感染力。任何人都会对英雄理想的毁灭扼腕叹息，都会本能地将自我的主观想象寄托在悲剧主人公身上。所谓现实悲剧是指悲剧主人公在世俗欲望的诱惑下不断沉沦，最终迷失自我的悲剧。悲剧主人公虽然主观上本能地拒绝不断加剧的自我异化，但在现实抉择面前又不得不作出一步步妥协，最终迷失于欲望挣扎的虚幻满足，以内心的虚无换取外在物质的享受。所谓生存悲剧是指悲剧主人公在没有任何悲剧性事件和缺乏激烈矛盾冲突中依旧承受着精神危机的悲剧。生存悲剧之所以容易被忽略，不仅是因为生存悲剧本身的悲剧性缺失，更在于这种悲剧性难以被有效认知。其实，没有悲剧性的平凡生活恰恰最具悲剧意味。这是因为处于平凡生活中的悲剧主人公时时刻刻承受着意义缺失的拷问和精神虚无的折磨。平凡的生活难以激起情感的波动，更无法触动心灵的律动，平凡生活虽然可以提供稳定性的安全保障，但同时剥夺了全部偶然性的可能，生命只能在既定的轨道上笨拙滑行，没有任何激动人心的事件，也没有丝毫令人振奋的偶然。置身其中的所有人都成为角色单一、结局确定的提线木偶，丧失任何发挥主动创造性的机会。

如果说理想悲剧和现实悲剧的悲剧感源于意义的产生，那么生存悲剧的悲剧感则源于意义的丧失。赵志平虽然从未像戴南行和桑小军那样在躁动不安中宣泄不满与绝望，但读者其实很容易体会到他的凄凉与虚妄。赵志平虽然没有在生命的跌宕起伏中演绎理想失落的绝望与欲望挣扎的痛苦，但却在平淡如水的生活中以温水煮青蛙的方式缓慢走向生命的终结，在全部可预见的平淡无奇中等待生命的最终落幕。因此，作为平凡人代表的赵志平一方面需要日常性地承受意义缺失的虚无，另一方面又无法拒绝，甚至主动拥抱这种虚无。究其原因，则在于赵志平清醒地意识到，只有在这种虚无的包裹之中，才能维系渴望的安全与稳定，也只有主动认同这种虚无体验，才能守护平凡的快乐。换句话说，赵志平的平凡与快乐是建立在自甘平庸和拒绝崇高的基础之上的。只有自甘平庸，才能将生命的轨迹严格限制在安全范围之内，与戴南行的壮怀激烈和桑小军的牢骚满腹划清界限；只有拒绝崇高，才能在日常性的满足和平静性的安稳中最大限度地实现自我保全。因此，作为平凡人代表的赵志平其实同样具有悲剧性，其悲剧性程度也完全不亚于戴南行和桑小军，唯一的不同，只是悲剧的呈现方式。然而从对生命的摧残程度来说，则有过之而无不及。之所以作出这一判断，是因为相较于戴南行和桑小军，赵志平始终要在日复一日的循环往复中抵御意义缺失的痛苦与理性失落的无奈，要在没有任何悲剧性的琐事堆积中抵御令人窒息的挤压，在无所事事中饱受生命热量无处消耗的折磨，在平淡无奇中忍耐精神被掏空的虚妄，在惯性滑行中守望永远不可能成为现实的昔日梦想。

二、转化的可能

《棣棠之约》中的三个主人公虽然各自代表一种价值取向，但并非绝对的不可调和，三者其实有着诸多共同之处，存在着相互转化的可能。

首先，三人的第一身份都是诗人，或者更为确切的说法是三种价值取向的逻辑起点都是理想主义。三人正是因为有着共同的诗歌梦想才走到一起，成为朋友，也正是因为对诗有着异乎寻常的执着与痴迷，才从根本上奠定了三人终其一生的友谊基础。戴南行作为理想主义者成为现实中的极少数，桑小军作为物质利益的追逐者成为现实中多数人的向往对象，赵志平成为现实中被遗忘的大多数。三人最终选择了不同的人生轨迹则在客观上印证了坚守理想主义的艰难。这种艰难并不仅仅在于桑小军和赵志平的转向，同样表现在戴南行的理想主义坚守之中。戴南行虽然始终坚守着理想主义，但在坚守的过程中呈现出越来越浓的表演性。理想主义成为戴南行的身份标签，为了保持这一身份标签，戴南行不得不始终以特立独行的方式生存，即便在多数情况下他也有回归普遍人的冲动，但为了使自己区别于常人，为了捍卫自己作为极少数理想主义的坚守者的身份，他只能最大限度地压制自己的生命本能，将自己刻意打造成为他人眼中希望自己的样子，而非自己本来应该的样子。与其说戴南行在践行着理想主义的艰难守望，不如说他在竭尽全力地扮演理想主义者；与其说他是少数理想主义的捍卫者，不如说他需要借助理想主义的身份标签实现自我身份的认同与精神危机的超越。因此，颇具讽刺意味的是，理想主义居然需要表演来支撑，或者更为确切的说法是只有通过表演，理想主义才能得以维系。

如果说戴南行的理想主义坚守带有表演性，那么桑小军的物质追逐和赵志平的现实认同同样具有表演性。桑小军只有在挥金如土的伪装之下才能暂时遗忘告别理想的痛苦，只有在他人的羡慕和追捧中才能有效抵御理想的召唤。赵志平只有在每日的重复自我中才能维系安全与稳定，赵志平与戴南行和桑小军的唯一区别在于戴南行与桑小军是演他人，赵志平是演自己。演他人意味着借助虚伪的假面掩盖真实的自我，演自己意味着通过彻底的规训让渡自我创生的权利。演他人的目的在于通过想象中的他者实现现实困境的遗忘，演自己的目的在于通过主动的伪装回避可能存在的风险。演他人本质上是依靠虚伪的包装支撑一个看似强大的存在，演自己本质上是凭借真实的装扮维系一个实际弱小的生命。可以肯定的是，无论是演他人还是演自己，都是对理想主义的偏离，区别仅仅在于主动与被动。演他人是对理想失落的被动接受，演自己是对理想消逝的主动认同。被动接受也好，主动接受也罢，都在客观现实层面确证着理想主义的退隐与现实功利的崛起。

其次，三个主人公代表的三种价值取向之间构成相互性参照的前提，抽取出其中任何一方，另外两方也将丧失存在的合理性。具体来说，理想主义既是对世俗功利的反抗，又是对平凡生活的回避。戴南行一方面对世俗功利有着天然的敌意，本能地将世俗功利视为诱惑人性堕落的洪水猛兽；另一方面又坚决反对向平凡生活的回归，拒绝任何形式的对现实低头。在戴南行的观念中，世俗功利与平凡生活本质上是无差别的，都是对理想主义崇高的消解，只有在对世俗功利和平凡生活的持续对抗中，理想主义才能够保持本应具有的旺盛生命。这同时意味着只有在与世俗功利和平凡生活的持续对抗中，理想主义才能具备存在的基础，否则理想主义难以凭借自身获得纯粹意义上的独立。同时，世俗功利既是对理想主义的拒绝，又是对平凡生活的超越。桑小军一方面在人生的变故中彻底扭转价值取向，将现世的享乐视为唯一的奋斗目标；另一方面又对平凡的生活嗤之以鼻，厌恶没有任何变化起伏的平淡人生。在桑小军的观念中，截然对立的理想主义与现实生活都是不可取的，都是以一种概念化的方式束缚了生命的自由，都是一种确定价值规范限制人生本应具有的精彩。因此，他认为只有世俗欲望的满足才是最为可靠的，也是唯一可以抓住的，理想主义只能停留于想象，现实生活本身需要扬弃，只有个体价值的实现才最具现实意义。但是桑小军却从未意识到世俗功利本身是建立在理想主义和现实生活对立的基础上的，没有理想主义和现实生活作为衡量标准，世俗功利也只会流于抽象性的概念和刻板性的印象。平凡生活既是对理想主义的告别，又是对世俗功利的接受。赵志平一方面在自我压抑中断绝理想主义的召唤，另一方面又在一定程度上向往"桑小军式"的世俗功利，渴望在自我麻痹中忘却曾经的梦想和当下的不堪。在赵志平的观念中，理想主义仅具有满足追忆的意义，没有任何现实价值，世俗功利虽然具有诱惑性，但仅具有虚假的欺骗性，并不具备主导现实的可能。作为平凡的大多数，唯一可以依赖的只有眼下的现实生活，除此之外，别无他物。但是赵志平意识不到的是，他自认为最真实的现实，其实恰恰是通过理想主义和世俗功利的概念建构起来的，没有所谓纯粹的现实，现实都是处于现实之中人的认识，而任何认识都或多或少带有主观色彩，都不可避免地打上价值倾向的烙印。他所依赖的现实生活不过是理想主义和世俗功利双重作用之下的中间状态，绝非可以独立存在的世外桃源。因此，戴南行、桑小军和赵志平通过不同的生命轨迹诠释了共同的客观现实：没有任何一种可以独立存在的价值取向，任何一种价值取向的确立都是建立在与他者的关系基础上的，单方面强调某一种价值取向既不可能，也无必要。

　　最后，三人的价值取向虽然存在明显的差异，但最后的目标却是惊人的相似：在所秉持观念的无力支撑和价值解体的崩溃中走向彻底的绝望与虚无这是最为彻底的悲剧性。孙频通过三人的身世浮沉完美揭示了这一最为残酷的真相。孙频努力让读者认识到，绝望与虚无其实就是人类精神的本体，正是因为未来抵御这种绝望和虚无的原初性，人类才试图通过理想主义、世俗功利和现实生活予以反抗。戴南行对理想主义的执迷最终沦为标新立异的虚假表演，这种虚假的表演随着"演员"生命力的消退即停止。桑小军对世俗功利的拥抱最终以自我迷失为代价，在自己无法承受的陌生与恐惧中走向精神的崩溃。赵志平对平凡生活的认同最终使其磨损掉全部的锋芒，在无法挽回的心灵荒芜中陷入永无救赎可能的精神内耗之中。但孙频又并不仅仅满足于残酷真相的揭示，而是致力于探索超越绝望与虚无的途径。其实，三个主人公对绝望与虚无的反抗虽然是不成功的，但并不意味着没有任何意义。反抗本身就是对绝望与虚无的最大否定。只要存在反抗，就意味着绝望与虚无并未彻底占据人类的心灵，只要对绝望与虚无保有抵触性的情绪和反抗性的冲动，就意味着绝望与虚无并未实现对人类的完全掌控，并不能以对绝望与虚无的反抗结果评判反抗的价值，恰恰是这种反抗本身是最值得敬畏和赞扬的。因此，虽然可以预见三个主人公生命的终结，但孙频并没有设置这一情节，而是保留了希望，让读者识到绝望与虚无的终究不是绝望与虚无，意识不到绝望与虚无才是真正陷入绝望与虚无的掌控之中。从这个意义上说，孙频生动诠释了"绝望之为虚妄，正与希望相同"。

三、同体的实质

以理性客观的眼光重新审视《棣棠之约》中的三个主人公，则不难发现一个值得反思的悖论：三人同时兼具真实感和虚幻性。之所以具有真实感是因为虽然三人是纯粹的虚构形象，但却是对客观现实的深度还原，三人所代表的三种不同价值取向正是现实生活中每个人都曾经历的，三人的人生际遇和精神图景也完全符合现实的逻辑。读者很容易在他们人生轨迹中产生情感共鸣，从他们身上找寻到自己的影子。之所以具有虚幻性，是因为在现实中绝对找不到完全符合三个主人公的客观对象，即便三人的某些生存片段和情感波动带有毋庸置疑的真实性。性格特征突出的三个主人公只能存在于虚构的作品之中，却不可能存在于真实的现实生活中。三人鲜明的特征从根本上决定了他们带有无法祛除的虚幻色彩。那么，这种真实感和虚幻性的奇妙组合本身意味着什么？答案自然是多元的。但有一个似乎最有说服力：三个主人公其实是同一个人，三个主人公形象只是同一个人不同侧面的呈现，或者更为确切的说法是，现实生活中的每个人都是三者的统一，只是存在比例的差异。三人本质上是三种不同价值取向的极致化呈现。也正是因为三个主人公实为同一个人，所以即便带有明显的虚幻色彩，三个人依旧可以使读者产生极为真实的体验。现实中的任何一个人都可以在三个主人公身上找到与自己的相似之处。因此，所谓的真实感，完全是建立在读者的自我认知基础之上的；所谓的虚幻性，根本上源于读者在现实生活中不可能将三种价值取向推向极致化的纯粹，这种极致化的纯粹只能存在于作品的虚构之中。需要追问的是，孙频的这种设置本身有何目的？

是源于对现实生活的艺术化提炼，还是试图通过艺术的虚构实现对现实的介入，抑或是尝试在真实与虚幻之间的自由穿梭中彰显艺术对生活的批判性反思力量。可以肯定的是，孙频的这种设置以虚构的方式呈现了现实中每个人最为真实的生存图景和精神状态。既然现实中的每个人都是三个主人公的集合体，那么每个人都同时承受着三个主人公各自的精神压力。如果说戴南行只有理想主义失落的绝望，桑小军只有世俗功利的堕落，赵志平只有平凡生活的虚无，那么现实中的每个人的精神负担则远远重于三人中的任何一个。现实中的每个人所面临的是三种价值取向交织在一起的灵魂撕裂，甚至无法实现严格意义上的区分，只能默默承受精神危机的持续加剧。孙频通过三个主人公形象的塑造，生动揭示了现实生活中人类普遍面临的精神困境。然而孙频并没有满足于此，她从作品的内在逻辑和现实生活的客观真实出发，挖掘出超越上述精神困境的方式恰恰只能源于精神困境的生成本身，即在理想主义、世俗功利和平凡生活之间实现某种可以接受的平衡。按照赵汀阳的说法："一个问题就是所有问题"[1]。作为一个问题的精神困境其实是理想主义、世俗功利和平凡生活三重矛盾的杂糅，而解决这一问题的方式又只能借助于三重矛盾本身。孙频揭示出被纷繁复杂现实掩盖的事实真相：没有纯粹的理想之境，也不存在绝对的地狱之门。作为三种价值取向矛盾统一体的个体生命没有必要纠缠于精神危机的持续催逼，因为精神危机本身是不可消除的。消除则意味着生命的彻底终结，只要生命继续，精神危机就会持续不止。而面对精神危机的最佳方式莫过于在

---

① 赵汀阳.时间的分叉——作为存在论问题的当代性［J］.哲学研究，2014（6）：57-66；128.

三者之间实现动态的平衡和持续的调整。在理想的守望中赋予现实希望，在欲望的正视中肯定尘世的合理存在，在平凡生活的热爱中保持生命原初的旺盛，即始终维系体验的鲜活性和感觉的真实性。"《棣棠之约》搭建起芸芸众生无处不在的人性异化和心灵皈依，让我们对大千世界的万千生灵多了一份敬重。我们在作品中所看到的大量对自然景物、对孤独心境的描绘，都构成了这部小说独特的氛围与节奏。作者深入到诗人对终极问题的探讨，以辽越的大自然为客观镜像，积极地思考着自我与他者的关联，都让我们可以再一次看到孙频艺术上的成熟和对小说这种文体掌控的精妙。"①戴南行、桑小军、赵志平三人悲剧的共性在于完全被囚禁在主观想象的牢笼之中，拒绝采取他者视角重新审视自己真实的生存状态，在体验能力的彻底丧失中陷入无尽的幻灭感之中。需要说明的是，这种幻灭感其实并非来自外界生存境遇的强势挤压，而是源于内在心灵的虚构想象。正是因为陷入这种虚构性的想象中不能自拔，所以他们无法感受到世界的真实，只能在主观臆想的限制中被剥夺自由意识。也正是源于这种限制的主观臆想性，所以他们才会本能地认为这些束缚是不可超越的。否则任何实质性的限制都不可避免地存在被突破的可能。因此，只有始终保持生命本应具有的真实体验能力，才能把握世界的本来面目，也才能真正意义上驱散幻灭感的迷雾，重新唤起正视现实的勇气，点亮直面生活的希望。孙频既将问题的实质合理剖析，又将破解之道娓娓道来，将文学写作推向人类学的无限反思与人文关怀的理想彼岸。

---

① 周其伦.棣棠之约：孙频对社会流变的考校［J］.新华数字报，2022（36）。

第三节　自我流放的无奈

孙频在创作中系统性地反思了现代人自我流放的心路历程。所谓自我流放是指主动地离开常住地，秉持新的生活理念在一个新的环境中开启全新的生活，通过摆脱当前生存环境的纠缠和束缚，实现精神危机的超越和自我理想的守望。自我流放的过程本质上是以自我流放地为中介进行的一场自我反思和自我认知，最终结果是自我觉醒、自我实现的精神成长。颇具悲剧性的是，自我流放是难以为继的。这不仅源于自我流放地只是自我流放者暂时的安息之地，无法成为永久的灵魂港湾，更在于当自我流放者在自我流放的过程中完成了自我成长，一定程度上实现了精神独立和人格自由之后，就不再满足于、沉浸于作为舒适区的自我流放地，主动选择对自我流放地的告别。自我流放者的身份属性永远是过客，对于自我流放地而言始终处于一种"在而不属于"的状态。

一、伤痛的起点

孙频作品中的诸多主人公不约而同地选择自我流放的生存方式。之所以作出自我流放的选择，一方面是源于外在生存环境的强势压力，面对自由空间不断被蚕食，只能无可奈何地被迫选择离开。另一方面更源于对现实生存境遇的强烈不满，在充分意识到无论怎样抗争都无法实现真正意义上的改变之后，主动出离自然是最佳选择。与纯粹意义上的迁徙不同，自我流放更追求精神慰藉而非物质满足。因此，自我流放呈现出有明确目的，但却没有明确目的地的特征。自我流放的目的在于通过摆脱当前生存环境的纠缠和束缚，实现精神危机的超越和自我理想的守望。之所以没有明确目的地，是因为要实现上述目的只需离开当前生存环境即可，因此除当前处所，任何地方都是可以选择的对象。

孙频笔下人物选择自我流放的目的地主要有两个：全新的陌生环境或昔日成长的故乡。之所以选择前者是因为在一个全新的陌生环境中不仅可以在短时间之内彻底切断与过去的关联，而且可以按照自己的想象塑造一个全新的自己，在全新的陌生环境中没有人了解自我流放者的前世今生，他们甚至可以按照自己的意志开启全新的生活模式，完全不用考虑任何外在因素。《海边魔术师》《海鸥骑士》《天物墟》中的"我"有着一致性的渴望：实现与过去的彻底告别。这不仅是源于他们对自己当前的生存境遇十分不满，更在于在他们看来只有将过去彻底遗忘，才能在没有任何压力与羁绊下创造自己理想的新生活。"在温情和坚守中，'物'既是历史与文化的负载者，也是人类情感延续的体现。孙频小说中的'返乡'始终处理的是人、物与环境之间的关系问题。"①也只有在一个完全陌生的环境中，他们才可以大胆地放开手脚，在不必考虑任何后果的放松心态下开启曾经令自己魂牵梦绕的全

---

① 张洪艳，逄增玉."情动机制"：21世纪文学中的"返乡"书写［J］.当代作家评论，2022（5）：4—10.

新人生。换句话说，现实生活的重压一方面挤压了他们的精神空间，让他们疲于应对蝇营狗苟的琐事，完全无暇顾及精神需求的满足；另一方面，对现实生活的不满又极大地唤起了他们对未知世界的憧憬与渴望，单方面将自己不熟悉的未知世界想象为没有任何生存压迫的世外桃源，在不自觉的美化中将未知世界装扮成类似"彼岸世界"的完美存在，本质上是将改变现实生存境遇的希望寄托到某种未知当中，在自我虚构的想象中完成精神危机的暂时疏解。"人活着就是一个越活越有敬畏感的过程，这敬畏感不是针对人类无法主宰的神秘力量，也不仅仅是出于对命运的敬畏，更准确地说，这敬畏大约是愈来愈感觉到了人在天地间的渺小和转瞬即逝。"[①]也正是源于此，荒无人烟的乡村、边陲小镇、神圣且陌生的藏地以及漫长的远洋漂泊则成为自我流放的最佳选择。这些地方不仅对绝大多数人来说是极为陌生的，可以最大限度地满足人们普遍的猎奇心理，而且出于自身固有的封闭性，有效满足了自我流放者对过去告别的强烈需求。"他们将自己看作天命在身的先知先觉者和自我实现的英雄，怀抱着天赋的绝技与灵感，强烈而执着地追求精神上的优越性，为此而主动将自己放逐于世界之外，永远在与世隔绝的处境中奋斗成长，不关心一切世俗事务和经济利益。他们不想改变世界，只想改变自己，即在自己的内在天地中通过苦苦追求异于他人的个人风格的独创性而获得自由。"[②]在这些带有奇幻色彩、可以引发人们无限遐想的自我流放地，他们一方面可以自由地发挥曾经被限制的创造力，在理想的追逐中实现自我突

---

① 孙频.一场对精神故乡的探寻［J］.粤港澳大湾区文学评论，2022（5）：121-123.

② 张盾.超越审美现代性：从文艺美学到政治美学［M］.南京：南京大学出版社，2017：23.

破；另一方面可以彻底摆脱曾经不得不妥协的束缚，在现实的满足中实现精神的自我确证。

　　之所以选择后者是因为故乡对自我流放者来说有着双重的文化内涵。一方面故乡是他们最为熟悉的地方，另一方面又是他们最为陌生的地方。之所以熟悉是因为他们的生命诞生于此，童年的最初记忆在他们的生命中打上了永远不可能被洗刷的情感烙印。之所以陌生是因为他们在离开故乡之后就很少回归故乡。一方面自己在故乡之外的环境中不断形成新的认知，另一方面也想按照其自身的发展逻辑悄无声息地改变，至少与自我流放者记忆中的故乡产生根本性的差异。正是这种既熟悉又陌生的微妙感觉，使故乡成为他们共同青睐的自我流放地。首先，故乡在童年记忆的包裹之下呈现出无与伦比的天然优势。与其他任何地方相比，自我流放者对故乡有着天然的亲切感。这不仅源于故乡是生命的诞生地和童年的游乐园，更在于对自我流放者来说，故乡最能激活他们童年的纯真记忆，使他们在童年无忧无虑的追忆与想象中遗忘成长创伤和生命磨损。对于心灵异常疲惫、几近崩溃边缘的自我流放者来说，故乡是他们最后可以依赖的心灵港湾和栖居之处，即便现实的故乡并非他们想象的那样，但是他们极为迫切地需要想象中的故乡带给他们认同感。远离故乡的长期漂泊让他们始终处于被忽略、被漠视的边缘地带，只有回归故乡才能重新收获久违的认同感。这种认同感不仅表现在对故乡一草一木的熟悉，更在于乡音乡情带来的自我身份确认。自我流放者至少在这一点上有着清醒的认知，在故乡之外的认同都或多或少带有欺骗性和虚伪性，只有来自故乡的认同感才是最为真实且能够把握住的。亲切感的体验和认同感的满足自然会带来满足感，对于自我流放者而言，回归故乡的满足感不仅来自故乡温暖怀抱给予的精神慰藉，同时来自当前的自我与过去的自我的对比参照。相较于过去的自我，当前的自我毋庸置疑地经历了成长，只是这种成长在故乡之外无法以对象化的方式确认，只有在回归故乡之后，自我流放者才会自发地感受到成长带来的满足感。因此，从这个意义上说，自我流放者将故乡作为自我流放地的根源在于故乡能够带给他们其他任何地方都无法带给他们的安全感，只有在故乡的熟悉环境中，他们才能够彻底摆脱长期漂泊产生的忐忑与不安，才能真正意义上松懈紧绷已久的敏感神经，才能安全遗忘毫无凭借与依赖的绝望、无奈和无助。故乡天然阻断了自我流放者与现实生活之间的联系。现实生活的重压可以渗透到自我流放者精神世界的每一个角落，但却无论如何也难以融入故乡的记忆，不会对故乡的情愫产生任何实质性的影响。另外，对自我流放者而言，离开故乡后的生存境遇在故乡之外是完全透明的，即便再努力伪装也难以掩盖自己的不堪。但在故乡人面前却可以根据自己的想象描述自己在故乡之外的生活，甚至根据需要任意篡改，在故乡人的惊异与赞叹中获得故乡之外从未获得的虚假的心理满足。《落日珊瑚》《诸神的北方》《骑白马者》《昨日方舟》中的"我"要么是在大学毕业之后，要么是在进城打工之后，总之他们共同的经历是从离开故乡到回归故乡。"我大学毕业后在好几个城市游荡过，游荡了十年，最后又回到了县城，一来是为了陪伴父亲，二来是心里开始有了某种疲惫感，想给自己放个长假。"①而他们之所以作出这种一致性的选择，除了不堪忍受远离

---

① 孙频.昨日方舟［J］.十月，2023（5）：61-87.

故乡的生存重压，更在于故乡对他们有着强大的诱惑力，使他们无论在何种境遇之下都对故乡有着非理性的执迷。

在故乡之外生活的不如意自然容易激起回乡的冲动，孙频的深刻之处在于揭示出即便拥有异常优渥的生活，依旧对故乡有着渴望与怀念，甚至更为强烈。究其原因，则在于故乡之外的任何存在对他们而言都或多或少地带有虚幻色彩，都无法让他们产生真实拥有的安心、心安理得的放心和无忧无虑的舒心，甚至带来难以名状的虚无体验，让他们本能地对现有的一切的真实性产生怀疑。在这种情况之下，唯一可以令他们产生真实体验的只有故乡。因此，回归故乡成为他们本能的选择，或者更为确切的说法是唯一的选择。只有在这种选择中，他们才能摆脱内心的焦虑和精神的迷惘，才能忘却尘世的喧嚣和欲望的挣扎。也正是源于此，他们义无反顾地将故乡作为自我流放的目的地。

二、炼狱的过程

如果说自我流放的出发点是对现实生存境遇的强烈不满和超越当前精神困境的迫切渴望，那么自我流放的过程则是自我觉醒、自我实现的精神成长。只是这种精神成长是一种不自觉且同时伴随强烈自我否定和灵魂撕裂的精神炼狱。之所以是不自觉的，是因为自我流放者的初衷并不是追求精神成长，更没任何自我更新、自我发展的渴望。他们唯一在意的是通过自我流放的方式摆脱难以疏解的肉体摧残和无法承受的精神内耗。精神的成长只不过是自我流放的副产品，而且这种副产品在形成之初并未引起自我流放者的足够重视，直到他们最终完成了彻底的自我更新之后才恍然大悟般意识到这个先前并未主动追求的"副产品"才是最为珍贵的无价之宝。之所以是精神炼狱是因为自我流放者自我流放的过程并非他们预先期待的那样。自我流放地并不能成为他们的肉体收容所和精神救助站，相反会以各种意想不到的方式对他们造成新的打击与伤害。"即使回到故乡，也觉得自己像个异乡人，觉得这里终究不是久留之地，我想，再过一阵子我可能还是会离开，再次去往城市，可是在那些城市里，其实并没有我真正的容身之地。"①而恰恰是这些打击与伤害让他们获得真正意义上的精神成长，不再局限于原初自我的狭隘观念和脱离现实的畸形认知，以一种更为理性平和的眼光和开放包容的胸怀重新审视自我与世界。无论将自我流放地选择为陌生环境还是熟悉的故乡，自我流放者都要承受适应新环境的挑战，都要努力从之前的惯性思维中挣脱出来，都要主动与流放地的本地居民搞好关系，都要尝试与过去告别，创造一个全新的自我。"人格的伟大和刚强只有借矛盾对立的伟大和刚强才能衡量出来……环境的互相冲突愈众多，愈艰辛，矛盾的破坏力愈大而心灵仍能坚持自己的性格，也就显出主体性格的深厚和坚强。"②《海边魔术师》中的"我"不仅要在饮食和作息上适应沿海小镇的生活节奏，更要在这种不断的自我调整中尝试真正融入这个对"我"来说完全陌生的世界。《尼罗河女儿》中的"我"在充满神秘色彩的青藏高原中真切体验到信仰力量的强大，又敏锐地意识到传承了千年的信仰在商品化浪潮冲击下的式微以及可能面临

---

① 孙频.昨日方舟［J］.十月，2023（5）.

② 黑格尔.美学：第一卷［M］.朱光潜，译.北京：商务印书馆，1996：222.

的崩溃风险。《诸神的北方》中的"我"在回归故乡后即面临着"大学生"这一特殊身份的尴尬与窘迫。一方面,大学生的身份标签令故乡人羡慕甚至崇敬,总是将"我"视为地位高于其他人的贵宾;另一方面,又对"我"产生本能的不理解乃至怀疑——既然已经成为大学生,有了走出故乡的资本,那为何又最终回归故乡。从故乡人的视域出发,"我"回归故乡的"怪异"行为要么源于现实的失败,要么出于某种不可告人的秘密,总之是一种负面性的存在,绝对不会将归回故乡的行为关联到自我流放中去。

因此,自我流放的过程本质上是以自我流放地为中介进行的一场自我反思和自我认知。在未开启自我流放之前,他们在维系基本生存需求的忙碌中无暇顾及自我的精神世界,更没有任何独立思考、触及灵魂深处的自我拷问。只有在自我流放的过程中,特别是处于流放地的全新环境中,他们才能放缓之前被持续催逼加快的脚步,在自我对象化中开启心灵探秘之旅。自我流放过程中的自我对象化包含三个层次的内容。首先,将过去的自己对象化。只有在完全脱离某个固定的场域之后,才算是真正意义上实现对过去自己的客观审视,否则会不可避免地受到当前生存境遇的多重影响。自我流放地的作用在于可以为自我流放者提供一个崭新的环境,使其摆脱外在的干扰,将曾经的自己作为一个对象来看待,认清过去自己的局限与欠缺,特别是在对过去自己的否定中完成精神境界的跃迁。《海鸥骑士》和《天物墟》中的"我"只有在新的生存境遇之下才会意识到先前对父亲的误解。《诸神的北方》和《骑白马者》中的"我"只有在回归故乡后才领会到自己曾经的无知与狂妄。误解也好,狂妄也罢,都是建立在将过去的自己对象化的前提之下，没有自我对象化的过程，"我"无论如何也不会形成误解父亲的生命领会和敬畏自然的精神自觉。其次，将现在的自己对象化。自我流放者之所以存在将现在的自己对象化的可能，是因为流放地的陌生体验迫使他们本能地自我审视。当外在环境充满诸多不确定性，身处其中的自我流放者唯一可以摆脱的就是当下的自己，对自我的把握过程必然伴随着对自我的审视。也正是在对当下自我的对象化审视中，自我流放者获得了前所未有的自我反省。在先前的环境中，自我流放者要么执着于融入群体，要么刻意彰显自己的特殊性。前者在妥协与退让之中自我压抑，后者在虚假的表演中自我放逐，总之从未真正倾听自己内心的真实声音，从未按照适合自己的方式安排自己的人生。只有在流放地中，他们才能摆脱世俗的羁绊和自我设置的枷锁，扪心自问自己到底是谁，到底期待什么。《游园》中的"我"作为并不成功的艺术家虽然对自己的艺术创作能力有着清醒的认识，但却找不到超越自身瓶颈的途径与方法。直到在一次偶然中进入艺术家聚集的园林，才真正开始了对艺术家创作心境的自我反思，才在不断的自我否定中扬弃昔日那个怀才不遇的自我，迎来艺术创作的新生。最后，将理想中的自己对象化。自我流放者在正式开启自我流放之前虽然有着变革现实的强烈渴望和追逐理想的情感冲动，但终究在现实面前被迫选择了妥协，只能将理想严格限制在纯粹的观念层面，绝对不敢将丝毫的理想主义投入现实生活。因为他们清醒地意识到自己承受不了相应的代价。而这一切在自我流放中发生了根本改变，在全新的环境中，自我流放者是一个没有任何历史包袱的存在，他们可以完全按照自己的想象来生活，既不用顾及他人的眼光，也不用考虑任何功利性因素。不仅他们对自我流放地完全陌生，自我流放地中的人们对他们的前世今生也不了解。因此，自我流放地成为他们理想自由绽放的乐土。也只有在这个将理想中的自己对象化的过程中，他们才真正意义上认识到昔日理想本身的虚幻性。由于在自我流放之前无法实现理想自我的对象化，理想对他们来说更具有彼岸性道德精神寄托意义，他们把任何在现实中的不满都转换为对理想的渴望，从而将理想扭曲为绝对完美性的存在。一旦在现实生活中开启将理想变为现实的实践，先前理想的虚幻性与不切实际就彻底暴露出来。换句话说，理想自我对象化的过程实质上是清除空想的过程，是在理想的扬弃中认清现实的过程。《鲛在水中央》中的"我"始终有着成为知识分子的执念，为了成为理想中的自己，"我"不仅真的用心读书，而且自发地以知识分子的道德责任感与使命感要求自己。但"我"的知识分子理想终究无法实现，只能在徒劳中陷入自我怀疑和精神迷惘。

自我流放者之所以能够在自我流放的过程中实现自我反思，从根本上说是因为自我流放地给他们带来全新的经验，从而全面激活他们早已麻木的神经，唤起他们感受世界的能力。开启自我流放之前，他们的精神状态之所以是萎靡不振的，恰恰是因为在粆平化的生存环境中丧失了感受生活的能力，陷入一种机械的恶性循环。他们对生存境遇的不满与其说是对生活重压的反抗与排斥，不如说是对所处环境了无生趣的拒绝与厌恶。而自我流放地不仅给他们全新的生活体验，而且陌生化的多元刺激唤醒了他们沉睡已久的感受生活的能力。

自我流放者在自我流放地实现了真正意义上的自由人格和精神独立。

在开启自我流放之前，他们对自己的生存环境本能地排斥，渴望摆脱外在束缚，完全按照自己的理想生活。但这只能停留在想象层面，根本不可能成为现实。因为他们除了精神需求，更要考虑现实生存，在维系当下基本生存的压迫下，他们不得不作出不断的妥协，甚至将物质满足作为生活的唯一奋斗目标。因此，他们只有在彻底脱离先前的生活环境，与过去的生活彻底告别，切断与过去的一切联系之后，才能实现真正意义上的自由人格和精神独立。按照孙频自己的说法："对于任何一个执着于某种精神某种信念的人来说，那极致之处就是他最终要抵达之地。"①人格之所以是自由的，是因为在自我流放地，自我流放者不再受到来自各方面的束缚，更不再需要强迫自己刻意讨好他人。他们完全可以按照自己理想的方式生活，不受限制地释放自己的生命热量。因为不需要任何外在依赖，所以自然是自由的。精神之所以是独立的，是因为自我流放者在自我流放地可以不再考量物质生活的满足，或者更为确切的说法是他们不再将物质生活的满足作为自我价值实现的外在确证和他人衡量自己的外在标准。在自我流放地，他们唯一关心的问题是如何重新开启新的人生，在对过去生活的彻底否定中拥抱期待已久的新生活。《尼罗河女儿》中的"我"虽然无法彻底切断与过去的联系，但她始终回避甚至排斥回忆过去，极为强烈地渴望实现对记忆的彻底遗忘。因为只有在外漂泊的过程中，她才会有自主选择的权利，才能完全听从内心真实声音的召唤，不必在意特立独行是否会引起他人反感，更无须考量任何利害得失。也

---

① 孙频.植物构筑成的精神之塔［J］.北京文学（中篇小说月报），2023（3）.

只有在这种自我流放的过程中，她才能彻底摆脱精神内耗的折磨，以前所未有的放松心情体验生活的美好，重新发掘出之前被功利主义遮蔽的诗意。《天物墟》和《海鸥骑士》中的"我"不仅在外在环境中被视为失败者，就连他们自己也对现实生存状态十分不满。直到他们踏入一个全新的陌生环境，先前的挫败感才得以真正缓解。因为他们终于找到了一种适合自己的生存方式，一种可以实现自我认同的生活方式。在这种方式中，他们不仅实现了灵魂的自我对话，而且通过客观事实证明了自己的有用性，彻底摆脱了先前自暴自弃和自我怀疑产生的精神危机。"《海鸥骑士》里的'我'用漂流瓶的方式和'幻影父亲'进行着秘密的交流。'写信'看似是小说主人公们与外界积极对话的方式，但事实上，他们并不需要真正意义上的沟通，只是期盼完成形式上以自我为中心的倾诉，正因为此，刘小飞的来信会有很多无法印证的想象，而我给'父亲'的寄信也只需要塞进漂流瓶，并不奢求收到任何回信。"①

三、轮回的结局

孙频一方面将自我流放地描绘为自我生命绽放的乐土，另一方面又将最为残酷的真相不加任何保留地直接呈现：自我流放是难以为继的，终有终结的那一刻。自我流放者的身份属性永远是过客，对于自我流放地而言始终处于一种在而不属于的状态。自我流放者一方面经常感受到自我流放地本地居民的客观不接纳，另一方面自己在主观上也难以真正融入本地居民之中。之

---

① 易扬.走出泛青春文学时代——读孙频中篇小说［J］.书城，2023（10）：41-46.

所以不接纳是因为对本地居民来说，自我流放者始终是外来者，与本地居民之间存在着本质的差异。虽然他们可以表现出热情好客，但骨子里无法理解自我流放者的行为，更难以认同自我流放者的选择。观念认知的差异决定了本地居民对自我流放者不自觉流露出抵触甚至敌意的态度。之所以不融入是因为自我流放者始终不愿放弃自我的主体性，他们正是因为无法实现自我确证才选择自我流放，而一旦融入本地居民之中，则意味着彻底放弃自我，这恰恰是自我流放者最不能容忍与接受的。因此，作为过客的自我流放者最终只能选择离开。需要说明的是，自我流放者最终离开自我流放地本身具有极为深刻的隐喻性。表面上是自我流放者物理位置的改变，实质是自我流放地本身带有虚幻性。自我流放地并不是真实的存在，或者更为确切的说法是自我流放地为自我流放者提供的不是物理意义上的安身之所，而是精神意义上的安顿之境。自我流放者一方面需要精神危机的缓解，另一方面需要精神成长的助力，这两种精神需求的满足本质上与外在物质环境无关，只存在于自我流放者的主观精神层面。因此，对自我流放者而言，自我流放地仅具有中介意义，真正发挥作用的是主观想象加工后的自我流放地，而非客观的自我流放地本身。也正是源于此，某人的自我流放地恰恰是另一个人的现实生存环境。反之，某人的现实生存环境恰恰可以成为另一个人的自我流放地。这就合理地解释了为何有的自我流放者选择逃离故乡，而有的自我流放者选择回归故乡。差异选择背后有着精神需要的相似，即在对现实的否定中找寻精神成长的可能与途径。自我流放地所展现的虚幻色彩，说明实质上并不存在任何实体性的自我流放地，自我流放地只能存在于自我流放者的主观想象之中。但自我流放者并不是纯粹精神的存在，作为物质生命体的自我流放者不可避免地受到客观物质需求的制约，这也就意味着只要生命继续，自我流放者就不得不作出妥协与让步，不得不停止对自我流放地的自由想象，自我流放也就不可能成为生命的常态，只能在某个偶然的瞬间满足自我流放者的精神需求。《海边魔术师》中"我"的自我流放从开始之初就是一场旅行，既然是旅行就一定有结束的那一刻。虽然"我"十分迷恋旅行的过程，甚至主动推迟旅行的终结，但终究在无力支撑后被迫放弃。《骑白马者》《落日珊瑚》《诸神的北方》中的"我"即便将故乡作为自我流放地，也难以实现永久的自我流放。究其原因，则在于故乡并不能满足他们的精神需求，一旦他们的想象力衰退，作为自我流放地的故乡瞬间还原为他们曾经拒斥的样貌，迫使他们主动选择离开。换句话说，作为一种精神成长的自我流放终究是难以为继的。如果说自我流放者在开启自我流放之前处于精神崩溃的边缘本身带有无以复加的悲剧性的话，那么自我流放的虚幻性则将这种悲剧性推向极致。如果说自我流放者是对生命本身固有悲剧性的反抗，那么自我流放地的虚幻性则意味着对这种悲剧性的反抗本身是徒劳的。反抗的注定失败更为彻底地宣告了悲剧性的不可超越，或者更为确切的说法是，反抗的失败进一步加剧了悲剧性的悲剧意味。孙频通过形象化的演绎向读者透露出每个人都不愿接受，但却客观存在的现实：悲剧的悲剧性并不在于悲剧事件的发生，而在于悲剧事件发生的不可阻挡以及对终结悲剧希望的彻底破灭。

虽然自我流放地的虚幻性将自我流放者直接推向绝望与虚无，但这并不意味着自我流放没有任何价值和意义。孙频在揭示自我流放悲剧性的残酷真相之后，依旧对自我流放给予必要性的肯定，寄托了理想主义的希望。孙频将自我流放视为人类自我超越的渴望。"一个作家之所以要写作，其内在动因之一就是源于他对存在世界的某种不满足或者不满意。他要通过自己的文本，建立起与存在世界对话和思考的方式。而一个作家所选择的文体、形式和叙述策略，往往就是作家与他所接触和感受的现实之间关系的隐喻、象征或某种确证。"①正是基于对生存现状的不满，才催生了开启自我流放的强烈愿望。对于人类的精神成长而言，从成功与否的标准展开评判本身是有失公允的。重要的不是自我流放引起怎样的现实改变，而是自我流放者在自我流放过程中收获的精神财富。自我流放者虽然在世俗意义上是失败者，甚至是处于社会底层、极为可能被忽略的边缘人，但是他们自我流放的行为本身却是极为崇高的。因为他们代表了人类不甘于现状的开创精神，承载了人类自我完善的强烈渴望。人类正是始终保持着这种强劲的生命意志，才能在漫长历史中开拓出理想的生活家园。自我流放者本身是渺小的，但是作为人类精神的承载者却是伟大的。孙频十分善于在创作中通过具体鲜活的形象展开有限与无限的辩证思考。作为个体的自我流放者自然是一种有限的存在，自我流放的虚幻性与非常态性本身带有无法超越的局限性。但是自我流放者追求的精神成长则是一种无限性的存在，恰恰是在这种无限性的追求中，自我流放者实现了有限性的超越。换句话说，自我流放者是作为有限性与无限性的统一而存在的。也正是在这个意义上，读者通过自我流放者的人生际遇和

---

① 张学昕.穿越叙事的窄门 [M].上海：复旦大学出版社，2013：22.

精神图景把握到了无法用语言描述的无限性。如果说自我流放者开启自我灵魂拯救是对时代的真实记录与客观呈现，那么自我流放者在自我流放过程中收获的精神独立和人格自由则是他们对其生命意义的创造与开拓。作为个体自我流放者的自我流放行为虽然是失败的，但他们的精神成长过程则是成功的。孙频赋予了自我流放者的自我流放行为悲剧性的崇高和敬畏性的礼赞。需要说明的是，这种崇高和礼赞是本应属于自我流放者的，只是在世俗眼光的遮蔽下被忽略。孙频独具慧眼对其予以深刻揭示，向读者生动诠释了平凡中的伟大。

参考文献

著作类：

[1] 中共中央马克思恩格斯列宁斯大林著作编译局. 马克思恩格斯全集：第2卷
　　[M]. 北京：人民出版社，2016.

[2] 中共中央马克思恩格斯列宁斯大林著作编译局. 马克思恩格斯全集：第42卷
　　[M]. 北京：人民出版社，2016.

[3] 马克思. 资本论 [M]. 郭大力，王亚南，译. 南京：译林出版社，2014.

[4] 恩格斯. 反杜林论 [M]. 吴黎平，译. 北京：人民出版社，1956.

[5] 恩格斯. 路德维希·费尔巴哈和德国古典哲学的终结 [M]. 中共中央马克思
　　恩格斯列宁斯大林著作编译局，译. 北京：人民出版社，1997.

[6] 亚里士多德. 诗学 [M]. 罗念生，译. 北京：人民文学出版社，1962.

[7] 伊格尔顿. 美学意识形态 [M]. 王杰，付德根，麦永雄，译. 北京：中央编译出
　　版社，2013.

[8] 康德. 道德形而上学原理 [M]. 苗力田，译. 上海：上海人民出版社，1984.

[9] 黑格尔. 精神现象学（上卷）[M]. 贺麟，王玖兴，译. 北京：商务印书馆，2017.

[10] 黑格尔. 小逻辑 [M]. 贺麟, 译. 北京: 商务印书馆, 2015.

[11] 叔本华. 作为意志和表现的世界 [M]. 石冲白, 译. 北京: 商务印书馆, 1982.

[12] 霍克海默, 阿道尔诺. 启蒙辩证法: 哲学断片 [M]. 渠敬东, 曹卫东, 译. 上海: 上海人民出版社, 2006.

[13] 海德格尔. 形而上学导论 (新译本) [M]. 王庆节, 译. 北京: 商务印书馆, 2017.

[14] 海德格尔. 存在与时间: 修订译本 [M]. 陈嘉映, 王庆节, 译. 北京: 生活·读书·新知三联书店, 2014.

[15] 马尔库塞. 爱欲与文明 [M]. 黄勇, 薛民, 译. 上海: 上海译文出版社, 2008.

[16] 阿尔都塞. 保卫马克思 [M]. 顾良, 译. 北京: 商务印书馆, 2010.

[17] 福柯. 知识考古学 [M]. 谢强, 马月, 译. 北京: 生活·读书·新知三联书店, 1998.

[18] 哈贝马斯. 现代性的哲学话语 [M]. 曹卫东, 译. 南京: 译林出版社, 2014.

[19] 贝尔. 资本主义文化矛盾 [M]. 赵一凡, 蒲隆, 任晓晋, 译. 北京: 生活·读书·新知三联书店, 1989.

[20] 萨义德. 知识分子论 [M]. 单德兴, 译. 北京: 生活·读书·新知三联书店, 2002.

[21] 李泽厚. 中国现代思想史论 [M]. 北京: 生活·读书·新知三联书店, 2008.

[22] 洪子诚. 问题与方法 [M]. 北京: 生活·读书·新知三联书店, 2002.

[23] 逄增玉. 二十世纪中国文学的历史文化透视 [M]. 长春: 东北师范大学出版社, 1996.

[24] 王德威. 现代中国小说十讲 [M]. 上海: 复旦大学出版社, 2003.

[25] 张清华. 中国当代文学中的历史叙事 [M]. 北京: 北京大学出版社, 2012.

［26］孙桂荣. 新世纪"80后"青春文学研究［M］. 北京: 人民出版社, 2016.

［27］杨庆祥. 80后, 怎么办?［M］. 北京: 北京十月文艺出版社, 2015.

［28］江冰. 新媒体时代的80后文学［M］. 北京: 人民出版社, 2014.

［29］苏文清. "80后"写作的多维透视［M］. 北京: 中国社会科学出版社, 2011.

［30］陈平. 80后作家访谈录Ⅱ［M］. 长春: 吉林出版集团有限责任公司, 2009.

论文类:

［1］祁春风. "自我"的显影与"主体"的迷失——论"80后"青春文学的互文性［J］. 扬子江评论, 2014（5）: 92-96.

［2］伍丹, 彭明月. 80后作家的青春文学创作主题探析［J］. 中华文化论坛, 2014（6）: 97-100.

［3］杨庆祥. "孤独"的社会学和病理学——张悦然的《好事近》及"80后"的美学取向［J］. 南方文坛, 2009（6）: 79-84.

［4］孙桂荣. 走过青春期的文学实验——论新世纪"青春文学"［J］. 文艺争鸣, 2009（4）: 45-52.

［5］江冰. 论"80后"文学［J］. 天津师范大学学报（社会科学版）, 2007（3）: 47-57.

［6］曹莹. "80后"写作与新世纪文学［J］. 文艺争鸣, 2005（2）: 55-59.

［7］张尧臣. 就在眼前的"80后"［J］. 南方文坛, 2004（6）: 22-26.

［8］贺绍俊. 再来谈谈"80后"文学［J］. 名作欣赏, 2014（34）:130-132.

［9］黄江苏. "80后"作家研究: 质疑、出路与价值［J］. 杭州师范大学学报（社会科学版）, 2020, 42（1）:92-99.

［10］房广莹. 80后写作: 青春叛逆与乡土皈依［J］. 南方文坛, 2019（6）: 69-74.

[11] 吴俊. 文学的世纪之交与"80后"的诞生——文学史视野：从一个案例看一个时代（下）[J]. 小说评论, 2019（3）: 17–25.

[12] 白烨, 张萍. 崛起之后——关于"80后"的答问 [J]. 南方文坛, 2004（6）: 16–18.

[13] 李凤亮, 卢欣. 谁影响了这一代人的青春——"80后"文学出场背景分析 [J]. 当代文坛, 2006（1）: 49–51.

[14] 曹文轩, 谭五昌, 徐则臣. 我看"80后"少年写作 [J]. 中国图书评论, 2005（1）: 19.

[15] 谢有顺. 那些坚固的东西都烟消云散了——新世纪文学、《鲤》、"80后"及其话语限度 [J]. 文艺争鸣, 2010（3）: 19–23.

[16] 孙桂荣. 论"80后"文学的写作姿态 [J]. 文学评论, 2009（4）: 110–115.

[17] 姚娜. 喧哗中的独语——"80后"写作透析 [J]. 当代文坛, 2007（1）: 64–66.

[18] 罗雪英. "80后"的悲观情绪及其出处 [J]. 出版发行研究, 2005（6）: 46–47.

[19] 乔以钢, 李振. 当身体不再成为"武器"——"80后"部分女作家身体书写初探 [J]. 天津师范大学学报（社会科学版）, 2008（1）: 50–54.

[20] 季红真. 从反叛到皈依——论"80后"写作的成人礼模式 [J]. 文艺争鸣, 2010（15）: 12–28.

[21] 江冰. "80后文学"的文学史意义 [J]. 文艺争鸣, 2009（12）: 49–51.

[22] 于文秀. 物化时代的文学生存——"70后"、"80后"作家评析 [J]. 文艺研究, 2014（2）: 34–42.

[23] 乔焕江. 我们如何看待"80后"文学 [J]. 文艺评论, 2008（6）: 40–42.

[24]黄平,金理.什么是80后文学?[J].南方文坛,2014(6):11–18.

[25]金理,杨庆祥,黄平.以文学为志业——80后学者三人谈(之一)[J].南方文坛,2012(1):73–82.

[26]金理,杨庆祥,黄平.新世纪以来的历史想象和书写——80后学者三人谈(之二)[J].南方文坛,2012(2):87–93.

[27]黄平,金理,杨庆祥.改革时代:文学与社会的互动——80后学者三人谈(之三)[J].南方文坛,2012(3):88–97.

[28]杨庆祥,黄平,金理.反思社会主义文学——80后学者三人谈(之四)[J].南方文坛,2012(4):53–61.

[29]黄平,杨庆祥,金理.当下写作的多样性——80后学者三人谈(之五)[J].南方文坛,2012(6):76–83+92.

[30]王文捷.现实的困顿与精神的探望——论青年亚文化中的"80后"[J].文艺评论,2011(1):65–69.

[31]帅泽兵.论"80后"文学的当代资源与精神传统[J].山西大学学报(哲学社会科学版),2009,32(1):58–61.

[32]田忠辉.文化视野中的"80后"文学反思[J].小说评论,2008(2):110–113.

[33]江冰."80后"文学的前世今生[J].文艺评论,2009(2):40–41.

[34]郭彩侠,刘成才.残酷物语、反抗限度与一代人的写作伦理——80后作家的美学症候与精神叙事轨迹[J].当代文坛,2012(2):49–52.

[35]徐勇,卞蕴雯.2015年"80后"小说创作综论[J].创作与评论,2016(2):45–50.

[36]金理.多重视野中的"80后"文学[J].中国图书评论,2013(7):5–11;4.

[37] 程光炜. "80后"的文学史研究 [J]. 南方文坛, 2008 (5): 11.

[38] 高玉. "80后"小说的文学史地位 [J]. 学术月刊, 2011, 43 (12): 105–112.

[39] 艾翔. 社会变革下工人境遇的文学观照——对尹学芸、笛安、孙频的比照阅读 [J]. 小说评论, 2023 (5): 153–159.

[40] 马兵. 超克青春与主体的重建——以周嘉宁、郑小驴、魏思孝和孙频为例 [J]. 扬子江文学评论, 2023 (3): 61–65;71.

[41] 张磊. 文学漂流瓶: 论孙频的小说创作 [J]. 中国图书评论, 2021 (2): 85–91.

[42] 韩松刚. 孙频小说论 [J]. 上海文化, 2019 (7): 31–37.

[43] 谢尚发. 偏执者的精神列传——孙频小说论 [J]. 南方文坛, 2018 (1): 121–125.

[44] 吴天舟, 金理. 通向天国的阶梯——孙频论 [J]. 扬子江评论, 2016 (1): 72–79.

[45] 王越. 绝境与突围——孙频小说叙事空间研究 [J]. 文艺评论, 2014 (5): 86–90.

[46] 陈丽军. 城市空间、男性与自我镜像——孙频女性叙事的三个维度 [J]. 创作与评论, 2013 (3): 51–54.

[47] 阎秋霞. 孙频小说叙事研究 [J]. 文艺争鸣, 2012 (9): 122–124.

[48] 袁瑛. 停滞、日常与逃离——"新女性写作"的三个关键词 [J]. 当代文坛, 2022 (2): 199–204.

[49] 韩松刚. 拒绝乡愁——80后作家的乡土叙事 [J]. 南方文坛, 2023 (5): 33–41; 2.

[50] 王晓蕾. 时代困境下命运之问的三个解 [J]. 中国图书评论, 2021 (5): 83–90.